La balade du méditatif

© 2023 Harry Trincheti
Édition : BoD - Books on Demand, info@bod.fr
Impression : BoD - Books on Demand, In de Tarpen
42, Norderstedt (Allemagne)
Impression à la demande
ISBN : 978-2-3220-1058-5
Dépôt légal : janvier 2023

LA BALADE

DU

MÉDITATIF

Harry Trincheti
Roman

La b... ...*ditatif*

Autres ouvrages de l'auteur

Réflexions et Mélancolie, poésies

Blandine, souvenirs d'enfance, roman

Williamina Stencil, roman

Recueil de pensées, poésies

Le Dandysme, roman fiction

Eléonore, roman

L'étrange monsieur Louis, roman fiction

.

****

Pour contacter l'auteur : harrytrincheti@gmail.com

Préface

Ce récit retrace la promenade de détente, de tranquillité, de stabilité mentale, de temps libre du week-end tant recherché, parents parfois seuls, grands-parents parfois seuls même après le départ de l'un d'eux, familles seules ou parfois se joignant, personnes célibataires que nous ne connaissons pas. Tous, comme nous, marchent sur cette bande de sable, certainement différemment, sans le regarder avec le même œil et avec le même esprit, les mêmes pensées, le même désir, mais surtout avec des destinées différentes.

Prologue

Femmes, hommes et enfants, vous tous blanches personnes par la pureté vous croyant ainsi, j'ai cru, j'avais cru, j'eus cru que vous étiez telles ; malheureusement pensées, imaginations, croyances m'ont perdu sans que je veuille vraiment voir la vérité. J'en suis maintenant et actuellement à vous écrire, à vous décrire, à vous annoter, à vous poser sur papier, pour vous dire, pour vous conter traîtreusement, mais si véridiquement vos agissements réguliers et ancestraux. Chacun se reconnaîtra dans ce texte, comme l'auraient fait vos aînés et vos futurs. Ma plume coule comme mes pensées qui m'apparaissent et je ne peux pas les retenir, car néanmoins, ce sont, hélas, des vérités, des passages du temps, mais par-dessus tout mon présent et le vôtre. Accordez-moi favorablement, humblement, mais aussi magnanimement, affectueusement, incomplètement, clairement, mais aussi pathétiquement ou candidement, la possibilité du doute, l'amour que les humains ont les uns pour les autres, l'attention accordée à l'un ou l'autre d'entre vous...

La volonté de réflexion après ce qu'on n'a pas, ou peu compris tout de suite, et dont le moment vient à vous lentement, vous fera croiser, hélas, ce texte, ces actes, ces paroles, ces peut-être, et ces pas-sûrs.

Ma promenade méditative était juste une simple promenade qui, sans m'en rendre compte, m'a pris beaucoup plus de temps qu'elle n'aurait dû. Pourquoi m'a-t-elle montré cet inconnu qui parle de vous, ce royaume qui ne m'est pas familier. ou c'était sans que je veuille le regarder de façon plus lâche, ma propre intimité. Enfin, je ne sais. Possibilité et involontaire s'entremêlent mystérieusement, s'enchevêtrent pour vous faire connaître, écouter, entendre, vivre ce futur comme une prémonition, votre présent comme une malchance, votre passé comme un fardeau.

Petit rappel : Mesdames, messieurs les lecteurs, ce livre n'est aucunement écrit : ab irato...(en colère ou sous la colère).

~~ Chapitre 1 ~~

Marchant sur ce sable posé sur le sol comme un revêtement permanent, les pas silencieux des passants adultes anonymes le dimanche donnent l'impression d'un pas de danse extrêmement sérieux. Même s'il y a quelques fantaisies, quelques écarts, quelques demi-tours - cela arrive toujours - ce ne sont en aucune façon des inconsciences, mais des incartades, des volontés momentanées, des envies de... des goûts de... Ces mêmes promeneurs et promeneuses sont maintenant et depuis bien longtemps dans leur démarche désormais calme, posée, sereine, directive, calculée, ordinaire, habituelle et avancent sur le sable dans un respect suffisamment harmonieux, comme pour ne pas le déranger dans son silence absolu.

Les pas des enfants quant à eux font bouger, changer, modifier ce sol que l'on pensait solide, sûr et immobile. Leurs pas imposent alors à ce revêtement - une danse, davantage mobile. Ce sable est déplacé dans sa tranquillité, carrément gêné dans son inertie de la semaine.

Ce sable, comme une entité inconnue, subit vraisemblablement un déplacement désormais obligatoire. Là, il n'est plus sable, ni revêtement, il devient voyageur anonyme, il est l'accompagnateur momentané des mouvements brusques et volontaires des enfants, filles et garçons ; de leur volonté d'évasion, de libération, de délivrance, de soulagement, de débarras de ce que, chaque minute pendant la semaine a été de bloquant, d'obligeant, de coinçant, d'empêchant.

Ces enfants, sur ce grand revêtement maintenant hors de contrôle, se veulent libres de partout, de tout et de tous ; ils veulent aller plus loin, plus vite, plus seuls. Ils désirent se libérer complètement de l'emprise des parents proches, des grands-parents inquiets et se veulent audacieux, gaillards, dévoreurs. Chacun d'eux trouve, découvre, observe, perçoive, discerne en ce lieu, un monde différent, un royaume différent, une distance différente, un lointain « autre », qui les fait rêver, aller vers, explorer, découvrir, s'enivrer, se pousser, se vouloir. Les enfants peuvent ainsi à loisir crier à tue-tête dans l'espace silencieux de l'air qu'ils respirent. Ils courent, font du vélo, de la patinette, du roller, ne se souciant aucunement du revêtement. Pour eux, ce n'est qu'un amalgam de sable, qui est là pour les protéger des chutes. En effet, ils n'ont pas totalement tort, il amortira les chutes, diminuera les bobos, les pleurs, les colères...

Ce revêtement est assurément là pour ne pas leur gâcher leurs jeux, leurs plaisirs, leurs cris, leurs nombreux bonheurs qui font d'eux des enfants heureux, épanouis, totalement détendus, leurs exaltations enfantines...Leur insouciance évasive, leurs bravades impétueuses, volcaniques, endiablées, effrénées et emportés par la vague du temps ne calculant plus l'interdit, auparavant imposé. Chaque enfant veut extérioriser son lui, sa personne, son monde, sa valeur, alors que chaque seconde les fait invisiblement et définitivement vieillir, sans qu'ils s'en aperçoivent. Leurs yeux enregistrent dans leur mémoire éternelle des moments heureux, extrêmement forts, divinement libérateurs pour leur mental débutant dans la longue vie qui leur est maintenant donnée, en les accompagnant intimement jusqu'à leur dernière minute physique, leur apportant une joie d'hier, si belle en souvenirs.

Ce sable, tellement familier et pourtant si impersonnel, fait comme partie de la famille, d'une famille lointaine, revêtement d'une couleur connue mais pas imprégnée, 'une couleur banale mais rassurante, calmante, sécurisante, reposante.

Ce minéral douceâtre, presque un ami, un intime, un proche, que l'on abandonne quelque temps plus loin pour retrouver la terre ferme, le bitume, plus propre, moins salissant ; cet élément qu'on retrouvera demain ou plus tard, car 'on' sait qu'il ne disparaîtra pas de si tôt...

Que de monde a marché sur toi, parfois sans y faire attention, sans se maîtriser, sans te respecter, sans te remercier. Toi, dans ta grandeur, tu ne dis mot, tu laisses faire. Souvent trop bonne pomme, pas regardant, pas exigeant, esprit de simple candeur, voulant en ton for intérieur d'histoires passées, que tous soient heureux et que vogue la galère du délassement obtenu...

Mais aussi sans savoir, sans se souvenir de ton importance première qui aida voilà longtemps de jeunes pas enfantins à ne pas avoir de larmes aux yeux après la chute... qui aidera de jeunes enfants turbulents et insouciants à ne pas avoir mal après maintes culbutes et gamelles en patins à roulettes ou à vélo...

Et vous, personnes âgées, souvenez-vous de ce sable qui freina vos pas mal assurés, de cet âge que vous repoussiez tous et toutes au lendemain ou au plus tard ou à jamais, dans une force mentale, mais aucunement physique.

Sable, parfois aidé d'un souffle de vent, tu montres que tu es toujours là, présent, mais c'est hélas pour entendre quelquefois des jérémiades, des mots agressifs, des colères de tous ces badauds, promeneurs qui ronchonnent, pestent, grognent contre ton soulèvement dans leurs yeux, sur leurs vêtements, dans leurs cheveux et autres toilettes et parements. Sable dans le temps, tu en as vu des passants, des marchants, des courants, des piétinants, des grattants, des creusants et autres énergumènes de toutes sortes.

Moi, simple quidam, comme eux tous, aujourd'hui est mon jour de sortie. Enfin, chaque jour est actuellement mon jour de sortie, car comme toi, mon tapis d'ornement, je suis maintenant sur ta route, nous sommes devenus compagnons de chemin, de balade, de promenade, de temps, de regard, de tout ce qui nous entoure, nous encercle, nous coince, tout en nous laissant encore une petite liberté enclavée, mais sans les barreaux.

Je suis présentement là, t'accompagnant, sable, revêtement de sol, ami de transport ; nous sommes tous deux à subir, pourrais-je dire les affres, les volontés, les envies de tous ces badauds, de ces promeneurs voulant se libérer, s'évader, se ragaillardir, s'extérioriser, se changer, ne plus être, ne plus avoir et vouloir être différents des autres jours.

Ils sont tous là présents, comme une masse compacte, mais pourtant tous ne se veulent pas, ne se cherchent pas, ne se détectent pas, ne se voient pas. Non. Simplement, ils se découvrent, se croisent, s'oublient, ne se souvenant pas et passant à autre chose.

Je les vois moi, je les observe, je les scrute, je m'en nourris, mais non pas par mauvaise volonté, non aucunement. Par simple questionnement, pour m'en enquérir personnellement, pour savoir, pour peut-être comprendre, certainement apprendre à les décrypter ; savoir tout simplement le pourquoi et le comment.

Avant tout, il faut que je me présente...

Je suis le héros imaginaire de ce petit livre écrit par un autre. Gentiment il m'a créé, m'a donné une pensée et une vie bien mélancolique.

Au tout début comme il le voulait, avec ma moitié, notre promenade était un tapis royal où tout le monde planait, gambadait, vagabondait agilement, conjointement, avidement dans la même mesure des autres, trottinant ainsi tous deux dans la folie de l'autre comme deux effrontés face à l'avenir. Nos journées étaient d'un bleu clair, nos nuages d'un blanc cristallin et pur, nos nuits d'insomnie par amour et nos folies d'enfants permanents. Nous nous respirions mutuellement ; nos peaux étaient devenues celle de l'autre. Mais, hélas, il a dû y avoir un mauvais jour ou une mauvaise nuit, un courant d'air qui a tout emporté avec lui, mit le bazar dans l'endroit, déplacé nos volontés et nos folies amoureuses, car tout a rapidement disparu, en une heure, une minute, une seconde ; mais quand ?

Pourtant, nous étions danseur et danseuse sur le solfège de la vie et du futur, du demain et du toujours. Confiance que nous nous faisions, tu as perdu la tienne , assurance aussi. Il ne me reste de toi comme souvenir que ma vie présente qui sanglote chaque jour sans elle, et qui tourmente maintenant mon esprit.

Dans mes rêves maintenant si sombres, je vois passer ton visage en ombre... Quelle étrange parure prends-tu pour m'apparaître si infidèlement. Ton visage, je l'ai vu avant, rayonnant, sublimant, souriant posément. Est-ce mon imagination qui me fait des tours ? ou la petite voix intime de ma volonté me voulant revenir vers toi.

De ce que je me rappelle si ma mémoire est bonne pour en revenir à ce livre qu'il écrit, ces mêmes passants marchent pourtant bien pendant la semaine... auraient-ils les autres jours, d'autres pas ? Mais oui ! cela me revient, ils ont tout simplement les pas de gens qui marchent dans l'habitude, dans cette routine automatique, ce train-train qui fait penser, ou plutôt qui n'aide pas à penser. Les pas de la semaine sont ancrés dans la mémoire évolutive de ces êtres appelés vulgairement « bipèdes », ces pas les font avancer, courir, trottiner plus vite, marcher sans vraiment réfléchir, observer, apprendre, comprendre, savoir. Ne pas perdre de temps car chaque soi-disant seconde ou minute compte... Seraient-ce les minutes qui obligent ou l'obligation qu'ils et qu'elles se donnent, pour vouloir, se vouloir, se croire, se persuader, qu'il faille ne pas réfléchir, penser, ne plus regarder vers, ne plus observer , ne plus faire attention à, s'écarter de…

Ce dimanche est un jour de relâche, de repos, de ne pas être ceux qui cheminent automatiquement, ceux qui ne pensent plus, ils sont maintenant ceux et celles qui s'aperçoivent qu'autour d'eux, il y a quelque chose et ce quelque chose, c'est le sol…

C'est l'environnement, c'est le ciel, le soleil, les nuages, la vie si simple, le relâchement, une respiration calculée pendant quelques heures… Ils s'aperçoivent aussi qu'il y a autre chose, d'autres « eux » qui se dirigent vers des directions, et que ces « eux », comme eux, oublient aussi leurs habitudes automatiques de la semaine, pour vouloir faire comme « eux », flâner sereinement, tranquillement, calmement, posément, pacifiquement, placidement.

Tous ces « eux », s'additionnent et font alors des pas de danses sur ce sol, sur ce revêtement silencieux qui les accompagne. Les marches de la semaine sont calculées, mais les actuelles sont celles qui suivent cette procession silencieuse, comme celle de l'enterrement d'un ami très proche, d'un personnage important, d'un grand homme d'histoire, d'un parent tendre qui doit être respecté, sans titres ronflants... Les suivent-ils, ou les suivent-elles... non, mais ils en ont tout au moins la sérénité, l'attention, la posture. Ils sont tous là, présents en famille, en couple, en trio, en groupe, ils s'accompagnent, s'associent, s'unissent, se groupent, se joignent, mais quelle est la différence entre *en couple, à plusieurs, ou seul* ? Logiquement, seul, on ne se parle pas... En famille, on se parle, doit-on dire ; « il est logique de penser » ou « on peut en déduire que », ce fait alors idiot peut paraître illogique mais en y regardant de plus près et en y réfléchissant calmement, en partant du principe des volontés et des obligations, des peurs et des préjugés, des inconnus et incertitudes, des pourquoi et des comment, on y trouve une logique, une explication, un suivi cohérent, raisonné, mais l'exemple n'est pas au sûr et au certain, car parfois, les solitaires se parlent, s'invectivent, s'agressent, se tourmentent, se soliloquent hargneusement, durement, froidement, irrespectueusement... et là, leurs pas oublient franchement ce tapis, ce sol, ce revêtement. Ils n'y prennent plus aucun égard, plus aucune attention, plus aucun respect.

Ils et elles sont là seulement pour libérer une pression accumulée, pour pouvoir maintenant se servir de la distance, de l'écartement, de la surface, de l'espace pour exprimer dans une solitude personnelle, des mots, des expressions, des colères, des amertumes, des insultes, des ressentis proches ou anciens, qu'ils ne peuvent pas traduire, révéler, expliquer clairement face aux autres, car la violence longtemps accumulée les ont fait incompréhensibles de donner ou d'extérioriser calmement tout ce fardeau intérieur si lourd. Ils sont aujourd'hui appelés ou surnommés par tous : colériques, ingérables, incertains, irascibles, hargneux, acariâtres, aigres, divagateurs, parfois fous ou folles. Mais le sont-ils vraiment, ou le sont devenus parce que ?

Une phrase dit :« Il vaut mieux être seul que mal accompagné », mais eux sont seules et seuls, et ne sont peut-être pas si bien accompagnés quand ils ou elles sont avec leurs proches. Je les croise maintenant sur mon tapis de sol, les observent de loin, les jugent sans les juger, car moi, seul est-ce que je me parle en silence par peur d'être entendu et jugé comme eux de tous les mots gentils et agréables que nous apporte notre vocabulaire.

Ceux qui marchent seuls et seules, s'accompagnent d'eux, et se parlant seuls, et surtout durement intérieurement et extérieurement, ce sont ceux que l'on nomme gentiment : « les fous du ciboulot, les dérangés, les zinzins, les pauvres d'esprit, les timbrés, les dingos, les loufdingues, les siphonnés du cabochon ». J'en ai vu plein de ces pauvres gens qui se voulaient combattants et qui ,isolés, sur ce sale chemin gris grisâtre, marchaient jetant des invectives, des jurons face à l'autre invisible, pendant qu'il n'était pas là. Ils ou elles frappaient sur ce pauvre sol innocent, tapaient dans les cailloux furieusement, brisaient les branches ou les arrachaient de colère, écrasaient les herbes hautes innocentes. Leur volonté de se venger, de faire exploser une ou cette violence faible, lâche, rancunière, sans hauteur, peureuse, piteuse, accumulée dans leur tête perdue, leur faisaient faire. Immense volonté de se ragaillardir en se vengeant sur des éléments ne pouvant pas rendre les coups; éléments ressemblant fortement à elle ou à lui, mentalement et physiquement.

Avoir et pouvoir ne sont hélas pas donnés à cet instant voulu. Le temps donnera le temps bien plus tard, mais quand... lui seul le sait. Alors que ceux qui marchent en groupe, s'accompagnent, mais hélas, parfois et souvent ne se parlent pas ou plus... pourquoi ? Étrange phénomène, non !

La promenade serait-elle un moment de retrouvailles où parfois personne n'a envie de se parler ou de parler, instant où celui ou celle qui est seule, trouverait les mots à se dire… on pourrait dire qu'ils ou qu'elles sont fous ou folles ; mais que faut-il dire des groupes ou familles qui marchent en s'accompagnant, et ne se disent rien ou pas grand-chose d'important ? Pourtant tous marchent, se suivent, se précèdent dans une totale harmonie sincère…

Marcher parfois ferait-il perdre l'usage de la parole, être en groupe ferait-il de même ? La promenade rendrait-elle les gens muets ?

J'ai vu souvent des couples marchant côte à côte, sans se dire guère de mots, d'expressions, de ressentiments ; sans partager une découverte, un amusement vu, un plaisir furtif, un contentement ressenti, un soulagement apporté, une intention de faire dans quelques heures, une inspiration pour dans quelques jours… non, rien qu'un grand silence personnel, privé, écarté, esseulé, non partagé, froid, individuel, étonnant, déstabilisant. Mais peut-être le veulent-ils ainsi, car c'est le moment de liberté de chacun, en commun accord comme un pacte de respect inamical.

Cette promenade, pensons-y, aide parfois à se recueillir mentalement, l'autre est là, c'est sûr, mais n'est qu'un ou qu'une accompagnatrice de cet instant. Ils en ont parfois parlé, et en tout état de cause se sont mis d'accord ; la main oui, mais la réflexion et le silence pendant cette promenade, c'est l'obligation. Pour eux, c'est le moment où en toute tranquillité, mentalement, ils peuvent se sentir protéger des autres, faire le point sur leurs activités, se ressourcer, et parfois en parler pour recevoir une aide précieuse. Ils marchent, regardent sans observer, et pensent sagement, ailleurs que dans la maison, ailleurs qu'en présence des enfants, des copains et copines de travail, dans cet endroit inconnu de tous, et se remettent en question sur leur travail personnel. C'était cela ou faire la promenade chacun de leur côté...

L'association des deux larrons fait l'union forte et respectueuse. Chacun dans sa tête pense à ses problèmes de boulot, se sert de cette promenade de calme pour réfléchir parfois à ses recherches dans sa branche : chercheur, inventeur, physicien, architecte, ou bricoleur ; et pour elle il en est de même par rapport aux commandes, achats, personnes sous son autorité. Cela est donc une balade reconnue importante, commune et respecteuse. De temps en temps, ils prennent le temps en commun accord de parler, de disserter, d'exprimer, d'aider à, d'apporter à leur niveau différent des plus à l'autre. Ce couple s'entend merveilleusement et est complémentaire. Point de mauvaises pensées, point de mauvais coups tordus, point de traîtrise, simplement un respect commun. La balade est réussie entièrement, et le couple continue sa route calme et sereine vers une vieillesse juste et sensée. Ce qui semble sûr, est que la démarche est la même, c'est un plus.

Certains groupes marchent, un seul ou une seule parle, mais étrangement, personne ne l'écoute, cette personne fait-elle partie de ces gens dits « dérangés mentalement », ou est-ce ses paroles qui sont inutiles, invasives, non passionnantes… Qui peut donner la réponse ?

La balade est un moment de méditation, c'est un moment où parfois on veut lâcher ses mains sans les lâcher, prendre de la distance, mais sans fuir, sans les quitter, mais être là et avec une petite liberté loyale et respecteuse.

Pouvoir regarder sans se sentir surveillé, sans se sentir vraiment attaché, ne pas trahir l'autre, mais être là pendant quelques mètres et pouvoir regarder autre chose et ressentir autre chose que l'autre. Ce n'est pas un rejet ni un refus, c'est une récréation commune, proche, respectueuse, sans arrière-pensée. C'est l'envie de s'arrêter pour regarder l'eau, un arbre, un enfant qui passe, un pêcheur, un jongleur, des joueurs de ballon, un chien qui court, en s'amusant, c'est observer, apprendre, parfois rire d'un rien, rester sur place et écouter autour, attendre, ne pas se presser, c'est être en harmonie avec tout, mais sans être avec. Cette balade est apaisante, reposante, instructive, respectueuse de l'autre, et personne ne cherche le mauvais coup ou la mauvaise pensée ; juste être là pour... dans un commun accord. Ni l'un ni l'autre ne veut trahir, mais chacun comprend l'autre, et au fond de lui ou d'elle se vit un bonheur de couple respectueux.

En clair, il faut pour que cette promenade sur ce revêtement de calcaire ancestral se passe bien, une complicité totale et respectueuse... cela se fait parfois, pas trop souvent, mais existe. Tous deux savent chacun que l'autre ne le fuit pas, ne lui ment pas, ils se laissent méditer en se tenant la main... en toute plénitude et harmonie de leur couple dans cette promenade d'amour, les mains jointes prouvent qu'ils s'aiment et se respectent, ainsi passe le temps. Ils préfèrent ne rien dire, laisser ce temps reposant, qui a été vécu par eux, et en rentrant chez eux : tiens, pendant la promenade, j'ai pensé à un petit voyage en amoureux que j'aimerais nous offrir ou à ci ou à ça... mais je ne voulais pas te déranger, t'imposer, t'écarter de toi... et le dialogue reprend tout naturellement.

Un dimanche comme un autre, cela pourrait commencer ainsi ; c'est vrai, qu'est-ce qu'une balade ? Tout simplement, un départ d'un point A vers un point B, et faisant rencontrer pendant un temps, non déterminé, non pas rencontrer, mais faisant croiser, ou plutôt, donnant la possibilité momentanée et instantanée de croiser dans un incognito total, des quidams qui eux-mêmes croisent d'autres quidams sans faire attention totalement à eux. On remarque simplement un visage, une façon de marcher, un vêtement... Pourquoi ? vaste question... Plutôt, étrange question. Nul ne pourra jamais l'expliquer, ni résoudre cette énigme. Le regard se pose sur un endroit, sur un humain, sur un vêtement sans chercher à en savoir plus, ni le pourquoi du comment ; c'est ainsi et pas autrement. Peut-être que chacun cherche chez les autres ce que lui ou elle n'a , ou qui l'attire, qui lui donne la possibilité de regarder sans regarder, de s'échapper vers, de se donner un but pour ne plus regarder le même futur que l'autre d'à côté, fuir ce qu'il ou qu'elle pourrait regarder. Ils marchent côte à côte, mais fuient ensemble le chemin futur vers lequel ils marchent dans un semblant d'harmonie. Pourtant, cette balade devrait être une partie de famille, mais l'est-elle vraiment ?

Ces gens qui marchent ensemble, le sont-ils vraiment, hélas, pas pour tous les couples... En les voyant, en premier on pense harmonie, sincérité, bonheur, amour toujours demain et après-demain, mais que cache chacun à ce moment de la balade ? Au début, voilà bien longtemps, les mains se joignaient et peu à peu les doigts se sont écartés, légèrement décollés, puis lentement les mains, et enfin les corps et même les esprits ont pris une récréation puis une fuite, pris du large, et enfin une habitude de ne plus, de ne pas s'attacher. Se tenir a pris moins d'importance, a pris une logique illogique, un bien pour un mal, une liberté dans une prison d'amour. Cette balade d'union est devenue pour beaucoup un moment d'évasion avec l'autre, mais sans l'autre ; il ou elle est là, mais ni l'un ni l'autre ne le sont. Ils sont bien loin du petit couple précédent s'harmonisant, se joignant, se complétant en sincérité, en respect pour et vers l'autre. Eux ou l'un d'eux cache, dissimule, escamote, occulte, met sous clé, sa ou ses véritables volontés, envies, pensées du passé, du présent et de l'avenir.

L'accompagnement des enfants parfois aide ou force les adultes à marcher encore dans la même direction, mais pas dans les mêmes volontés… le physique est présent, mais le mental est ailleurs, où ? Il vagabonde et se sert de cet instant de balade en famille pour penser à autre chose, mais quoi ? là aussi, vaste question. Les enfants sont là, c'est le principal. Principal, mais qui parfois est lourd à porter, quand on ne veut plus ou pas. Principal et essentiel, car il fait faire courir, gambader, s'extérioriser, crier les petits pioupious, leur donner et leur apporter des souvenirs pour leurs futurs… Qu'ils se rappellent adultes, qu'ils se remémorent, qu'ils rêvassent au bon vieux temps où tout était beau, où ils croyaient que leurs parents s'aimaient en parfaite union et que papi et mamie en harmonie avec les parents parlaient gentiment d'eux, de leurs demain, et que tous unis, espéraient qu'eux seraient heureux dans un monde de bisounours, et de bonne nuit les petits.

 Ils se parlent de temps en temps, sortent des petits mots, des banalités, des remplissants, des présences, des bouche-trous, car il y en a un paquet... Le plus souvent c'est pour dire « Attention, les enfants, n'allez pas trop loin ou pas trop vite ». Ils font de courtes phrases comme : il fait beau temps, non... ou bien : J'ai vu madame machin et monsieur truc, ils te donnent le bonjour... Il faudra penser à prendre du papier toilette et des mouchoirs... Cela te dirait que je fasse une quiche pour ce soir ? Tout cela pour montrer qu'ils sont encore là, qu'ils pensent aux autres, qu'ils n'oublient personne, pourtant eux s'oublient millimètre après millimètre, seconde après seconde. Que font-ils là vraiment, ils font semblant d'avoir été, semblant d'être, semblant de tout, ils parlent, mais c'est plus pour meubler les silences pesants et très lourds entre eux. Jules a grandi, tu ne trouves pas... quant à Berthe, elle devient de plus en plus cabocharde... Et l'autre répond mécaniquement : comme tous les garçons de son âge et pour Berthe, cela lui passera en grandissant. Chacun prend soin de l'enfant ou des enfants, l'autre ne dit rien, mais gentiment attend son tour pour faire ses petites remarques, car il faut toujours rester parents, « papa ou maman ont dit ».

Moi, le badaud seul, je regarde tout cela et moi aussi j'ai connu le même parcours, moi aussi je regardais les autres seuls, courir seul, marcher seul, écouter de la musique seul, moi aussi je voulais être eux, je voulais me détacher de tout ce barda, me débarrasser de mes valises lourdes à porter que la vie m'avait donné. J'en avais marre de ces minis phrases, de nos réponses sans valeur, d'être obligé de chercher mes mots, mes respirations, mes regards... Oh ! comme elle, je le sentais bien... elle s'ennuyait ferme avec moi, et avec les deux mômes qu'elle avait voulu, que nous avions voulu, mais qu'elle trimballait actuellement sur ce morceau de sable jaune qui pour l'instant tristounet devenait horriblement gris-noir dans sa tête. Notre bel amour ressemblait de plus en plus à ces fromages américains, sans goût, sans valeur nutritive, fade, immonde, insipide et sans souvenirs, juste des peut-être, et encore... Pourtant, elle et moi, l'avions voulu cette famille, cette femme était tout depuis notre première rencontre pour moi, ces enfants aussi... je rêvais d'être père, grand-père et d'être heureux en famille. Hélas, temps, toi qui nous accompagne chaque seconde et jusqu'à la fin, parfois tu me paraissais long, très long, trop long... Tu me paraissais tellement long avec tes promenades et tout le tintouin... tous ces pas accompagnés qui auraient voulu être seuls et libérés ; tous ces côte à côte marchant vers là-bas, toutes ces paroles inutiles, tous ces semblants et ces mômes que tous deux nous aurions voulu infâmement et sordidement pendant quelques temps, nous débarrasser, et elle surtout, pour pouvoir une fois seule, isolée, hurler ses colères, ses hargnes, ses mépris... se libérer, fuir, et pouvoir dégueuler son mari, ses enfants, ses parents, tous et toutes, jeter au loin tout ce merdier, vomir ce piège à imbécile, envoyer tout valser, qu'on lui foute la paix, qu'elle se retrouve seule, qu'elle vive pendant quelques jours, quelques heures, tranquille, sereine, détendue, enfin elle. Tout cela n'avançait pas comme je le voulais, comme nous le voulions. L'union de deux êtres peut fonctionner au début, mais avec tous les éléments venant de partout, la diversité et les possibilités... la machine mari femme, puis familiale est déstabilisée, altérée, rongée, délériorée, affaiblie, modifiée, faussée. Plus rien n'est rien. Elle n'avait rien fait de mal, mais ce rien pour moi effaçait le temps passé, les heures douces et l'amour qu'elle m'avait apporté. Ce rien était sur ma volonté devenu le pas par rapport au peu... Elle était alors en faute, et plus rien ne pouvait alors continuer. Cette vie familiale me paraissait comme des cours de sports, toujours le même jour au même horaire, pendant des années, un éternel refrain plus fatiguant que ces heures de sport. L'impression de perdre ma vie, mon temps pour quelques mouvements inutiles, rébarbatifs, répétitifs, longs et finissant par être ennuyeux, lassants, forçants, bloquants, annulants. Faire par obligations chaque semaine les mêmes travaux dans l'inutilité... Alors celui qui ressent cela doit arrêter, il n'est plus motivé, il n'est plus en symbiose avec le temps qui lui est donné... Il doit quitter le sport, l'endroit, il doit se faire oublier. Mais c'est autre chose pour la famille, le contrat n'est aucunement le même, on peut dire qu'il est « A la vie, à la mort ». La vie n'est pas toujours belle, mais la mort, elle est obligatoire et définitive.

Donc, cette promenade en famille, presque toujours la même, finit par lasser, user, elle ronge peu à peu le fer du couple et la rouille lentement et imperturbablement fait son apparition, grignote la matière, fait de tous petits trous partout, et enfin par parcelle, tout fout le camp.

Au début, on colmate les brèches, on met de l'antirouille, de la bonne pâte de soi, et puis un jour on laisse pourrir le jeu et les joints, et tout fout le camp, tout dégringole, tout part en vrille... Quand est-ce que cela est arrivé ? Un moment, un moment de balade cela est sûr, sur cette route qui allait vers ailleurs, comme nous... Une main a quitté l'autre pendant quelques secondes, ce qui a permis en premier à la rouille de se placer, et en deux de réaliser pour chacun enfin quelques pas, seul ou seule. Bien sûr, cette main est revenue lentement, timidement, furtivement toucher et tenir l'autre main, mais ce n'était plus pareil, ce n'était plus avant...

Avant, magnifique chanson de monsieur Johnny Hallyday, qui dit : Avant tout était beau lorsque tu étais là, ces champs de blé où nous marchions parfois, avec le soleil qui éclaboussait ta robe blanche qui dansait... Ta robe blanche ma tendre femme est maintenant bien loin, les blés sont coupés, et le vent ne souffle plus pour nous. Les courants d'air comme des fantômes dans nos têtes nous rappellent à des peut-être ou à des certainement improbables.

Triste temps que l'actuel et le futur ; demain nous marcherons certainement dans d'autres champs de blé, d'autres vents souffleront, mais plus pour nous ensemble. Comme au temps jadis où mes paroles lui faisaient plaisir, la faisaient rêver, rire comme les siennes qui étaient pour moi, miel, soie, tendresse, douceur et rêverie. Nous nous mettions comme deux fuyards près de l'eau du lac venant d'un petit ruisseau, cachés et protégés par un arbre, un bosquet ou des herbes hautes ; de la sorte nous pouvions, nous échappant des autres, exprimer à ce lac nos volontés futures... Cette eau nous écoutait sagement au doux bruit respectueux du ruisseau l'emplissant, y mêlant nos douces voix amoureuses, tendres. Et j'en suis sûr depuis assuré fortement les voyants nombreux, je conçois singulièrement que plus d'une femme en ces moments de bonheur, a jeté heureuse et mélancolique dans cette eau si calme, si tranquille et si secrète, le pêché de sa beauté retrouvée, de ses paroles libérées, et de son physique enivré pour toujours... J'y distingue quelquefois dans mes promenades solitaires et nocturnes actuelles, les magnifiques fantômes de ces femmes et aussi de la mienne y apparaître... Où es-tu mon moi ?

Un sentiment de quelque chose de nouveau, de futur, de changeant, de non-retour, un avertissement que celui-ci, que ce moment n'était le même que les autres, et qu'il allait devenir bientôt définitif. Et puis était arrivé pendant ce laps de temps, le plaisir de ne plus tenir, ne plus sentir cette main, de plus se sentir attaché, coincé, cadenassé, pourrais-je dire m'a fait plaisir, m'a grisé, m'a emporté, m'a réjoui, m'a rendu. Mais je suis sûr que pour elle, il en était de même... l'aurore de notre séparation vint plus tôt que nous le pensions. Elle en profita lâchement pour stopper entre nous, nos regards doux, notre entente parfaite, nos mots si tendres, et interrompre nos baisers si câlins. Elle n'était pas venue seule, mais accompagnée de cette maudite rouille, hélas, dévastatrice. Nous jouions tous deux à celui qui durerait le plus longtemps, ou à celui qui lâcherait le premier et qui perdrait tout. J'ai fait le premier geste, elle a fait les premiers pas...

Il est étonnant que dans le temps ou avec le temps, enfin de temps en temps, un petit quelque chose, une petite lumière, un aperçu de caché, un regard disons complice, nous interpelle, voudrait que nous tentions... un rapprochement mutuel, que nous laissions aller à ou vers... à reprendre, à refaire pendant...

Est-ce un manque, un espoir, une peur, une folie passagère, une envie de « sport intime », avec un ou une partenaire connue, un défi vers l'autre ? une pensée que peut-être, mais aussi qu'avoir lâché cette main avait été une erreur reconnue par les deux... Mais la rouille fait en cet instant son retour, fait mal à nouveau, et les mains s'approchant sont repoussées à leur solitude habituelle et définitive des deux êtres totalement séparés. Tous deux nous y trouvions et retrouverons enfin dans un silence harmonieux et définitif, notre petite joie, notre petit bonheur, notre petit plaisir malsain, ensemble mais séparés.

Le silence entre deux êtres qui s'aiment, est un moment dangereux, il est le futur instant qui attend dans l'incertitude des gestes, de pouvoir placer son indépendance, et de séparer les deux parties… de faire pousser la rouille…

Il crée des motifs, des fuyants, des inventions, des excuses bidons, comme : Une fleur, un simple caillou, un nuage de forme étrange, un chien qui passe, un cours d'eau, un papillon, une mouche, n'importe quoi, qui vont aider le silence et la volonté profonde à faire séparer ces mains pour toujours, et cela arrive comme naturellement.

Aucun des deux ne s'en doutait se fait-on croire, mais la séparation vient de se produire définitive, volontaire, involontaire, délivrante ou pas, mais une époque, une période, un temps vient de disparaître à jamais.

Quand la main de l'autre revient, elle est envahissante, gênante, mal-aimée, presque refusée, repoussée par autres faux-fuyants de toutes sortes, il faut trouver d'autres prétextes, d'autres stratagèmes pour s'en débarrasser définitivement sans faire d'histoires, sans faire de vagues, sans faire voir, sans faire ressentir, sans vraiment faire comprendre, sans explications qui pourraient être tendancieuses, accusatrices, il faut du naturel non naturel, du familial séparé, du toi et moi loin des yeux et des mains...

Même les mains les plus douces, les doigts les plus tendres pour lui ; et pour elle, ses doigts si solides, si forts et ses mains si viriles, si puissantes, deviennent alors étrangères, lourdes, chaudes, humides, et tout autre motif interne de séparation des deux tourtereaux de quelques minutes avant.

Le définitif vient de frapper à la porte du couple, enfin disons maintenant, de l'association, du copinage, du partage amical ; sans l'émotion, sans la petite flamme, sans la petite étincelle, sans les petites bulles de champagne...

Le champagne est devenu en quelques secondes un vin blanc ordinaire, sans valeur, qui servira pour un apéritif faux, un gâteau fade, des repas aigres.

Comme est dit dans la magnifique chanson chantée par monsieur Reggiani : Passent les jours et passent les semaines.... Sous le pont Mirabeau coule la Seine. Alors ces gens... je peux vous en parler pendant des heures, j'étais comme eux, mais je n'y tiens plus.

Ils et elles passent près de moi, indifférents et indifférentes de ma présence, comme me fuyant, m'évitant, me reléguant au rang de simple et pauvre manant.

Je ne leur en veux aucunement, car l'autre jour, j'ai ri de les voir se querellant comme des chiffonniers pour des riens et des pas-grand-chose. Je les plains ces menteurs, ces faux heureux...

Marchez côte à côte, la rouille commence lentement à faire peu à peu son travail entre vos mains redevenues jointes traîtreusement. Bientôt, nous en reparlerons sérieusement sur notre chemin jaune grisâtre.

J'ai choisi ma route, celle de la solitude, fardeau bien pesant avec ses larmes, ses coups de grisou, ses hurlements ou incertitudes et les éternelles questions du pourquoi.

Cette fuite, cette extase d'or, ce diamant que je me suis acheté parfois me coûte cher, mais je ne m'en veux pas, car en réalité, mon investissement m'a rapporté le sommeil, la plénitude, le savoir, et quelquefois la réflexion que j'avais peu à peu oubliée et perdue.

La vie est une éternelle question, je ne suis pas passé à côté, et je ne m'en plains pas ou pas vraiment actuellement. Il faut toujours garder une place de fierté dans sa décadence, dans la perte, dans sa solitude, dans la non-connaissance du futur et de ce que l'on croyait, rêvait, et qui n'était que des semblants, des pas sûrs et des incertains. Je suis, et cela est déjà important pour moi.

Aujourd'hui, ma vantardise de solitaire, de méditatif me montre un courage de forcené, une gloire de vainqueur, de valeureux. Je marche d'un pas assuré, comme un coq et autres volailles de basse-cour. Mais lentement je ressens le commencement discret et destructeur de l'angoisse sous laquelle maintenant agonise mon esprit antérieur et naguère seigneur. Alors ma balade sur ce chemin de sable pour lequel les enfants et autres peuvent en toute quiétude avoir la possibilité de courir, de se détendre, moi aussi comme je l'ai connu, en famille.

Souvenirs d'enfance, quand je courrais criant, découvrant, apprenant heureux et insouciant sur le tapis de sable jaune de ce chemin...

Souvenirs d'adulte, où je marche après des années de faux espoirs sur ce même chemin jaune, devenu grisâtre ; oubliant, perdant, sachant que tout cela ne fut que rêveries stupides. Temps tu es passé, moi aussi et mes souvenirs d'hier sont aujourd'hui, tristesse et mélancolie avec un brin de désastre.

Au début, tout était beau, mais il est vite devenu lassant, destructeur, obligatoire. Je me demande depuis un moment, de quel instrument faut-il écouter ou entendre jouer en ces instants pour vous : Du violon, de l'orgue de barbarie, du piano, ou de la flûte ? Quel instrument pourra encore vous mettre en gaité, là où il n'y en a plus, là où il n'y en avait déjà plus, et où il n'y en aura plus avant longtemps...

Cette ritournelle belle à rêver vous donnera envie de pleurer cette période perdue par l'inutile d'une destruction inimaginable, irréalisable, voilà encore récemment et maintenant si présente.

O' jours futurs, ne venez jamais je vous en conjure, prenez pitié de ma simple vie, de mes espoirs si grands, et de mes volontés tant et si vraies. Ne me détruisez pas, n'annulez pas ce que j'ai vu, construit avant, serré de plus puissant d'elle, de tout elle. Ne jetez pas dans le flou de ma mémoire mes souvenirs si beaux et heureux. Faites-moi dehors, pauvre, miséreux, tout ce que vous voudrez, mais toujours me souvenant d'elle ma femme, d'eux mes enfants, dans une impossible logique. Être là pour eux, mais pas pour moi, ni pour elle. Être le père qui se promène, mais dont lui ne se promène pas, mais s'oblige, se force, fait semblant d'être, qui est-il...

Le feu qui nous brûlait d'un amour fou par degré, s'est évaporé lentement, silencieusement, imperturbablement vers un ailleurs inconnu, mais définitif.

À la fin, je ne le savais plus... Je marchais avec les autres, on se croisait, se voyait, s'observait, se disant en silence « *je ferai mieux que toi, mais j'aimerais être ailleurs tout comme toi dans ta tête* ». Ce qui prouve qu'intimement, l'amour heureux se trahit aisément. Cette balade de l'insatisfait n'est donc pas que la mienne, elle est celle de tous dans cette période de repos avec les enfants et la famille. On marche par obligation, on parle par obligation, mais on aimerait se taire par obligation, ne plus être là par obligation, être avec d'autres par obligations, ne plus vivre par obligation… Vouloir et pouvoir, que de terribles mots pour un ou des êtres humains.

Souvenez-vous du film Gabin-Belmondo, dans le film « *Un singe en hiver* », l'un descendait le fleuve Yang-Tsé-Yang en chantant « *la petite Tonquinoise* », et l'autre jouait au toréador Manolito dans leurs rêves de soulards pour oublier… Oublier quoi, qui, eux, les autres, leurs vies, les beaux jours, les nuits tristes, les mots inutiles, les grandes phrases moches, les jours qui se ressemblent, les autres qu'ils croisent sans les voir, toutes les femmes jeunes ou vieilles avec qui ils avaient passé la nuit dans des rêves chimériques, sans s'en souvenir au petit matin si difficile à respirer… Ces hommes qu'ils refusaient parce que n'ayant pas eu le courage, la franchise, ou de passer le pas de la porte, de fuir leur lâcheté de couple, alors qu'eux l'avaient fait en héros seuls et abandonnés de tous, maintenant… Tous deux actuellement se faisaient héros du néant et du rien, pendant que les autres dormaient en serrant fortement les dents à côté du vide de leur couple et de leur désespoir nocturne. Qui des uns ou des autres a eu raison ou de sortir ou de rester ou de vivre une vie, ou de vivre celle des autres…

Quel fleuve faut-il descendre pour trouver le bonheur familial et quel taureau faut-il tuer pour devenir un mari ou une femme respectée dans son couple ?

Suis-je le gars qui descend vaillamment le fleuve dans mon tonneau de solitude, ou suis-je le toréador adulé des femmes et des peureux, en marchant fier et pleurant ma vie si lointaine sur mon chemin gris grisâtre, avec un peu de jaune que je m'invente dans mes rêves illusoires.

Je parle de moi, mais qui est l'autre à mes côtés...

Quelle main donne-t-elle, que pense-t-elle dans sa tête, son regard est-il toujours pour moi, sa pensée est-elle pour moi ou pour un autre, est-elle heureuse dans sa vie de femme, de mère ?

Je n'ai pas vraiment de réponse, elle, en a-t-elle une réaliste, une franche, une familiale, une pour expliquer dans la logique tout...

Ma moitié et moi, pendant notre villégiature conjugale et tendresse de jeune couple, en route vers la belle et grande famille du futur, n'avions jamais de ciel noir.

Le soleil brillait, les oiseaux sifflaient, sa simplicité m'absorbait, ma naïveté la sublimait. Mais dehors les loups de toutes sortes nous attendaient. De simplicité cela est devenu mordant, et de naïveté cela est devenu austère. Depuis harmonieusement, elle vit chez moi, et moi dans mon tonneau, et tout est redevenu calme.

Nous aurions dû y penser avant d'acheter la maison. Les jours se suivent et on pense qu'ils se ressemblent, c'est totalement faux, rien ne ressemble au précédent sauf dans les volontés menteuses des manipulateurs et manipulatrices qui n'ont rien à voir avec cette histoire. Triste vie que de vouloir être heureux et de tout louper, rater, manquer, et de se retrouver malheureuse ou malheureux.

Le bonheur doit bien ressembler à quelque chose, enfin… mais à quoi ? Trouve-t-on son chemin en marchant sur un autre ? Croise-t-on son avenir ou son bonheur en croisant les autres et soi ? Le bonheur se vit-il en troupeau marchant sur cette bande de sable gris jaune ? S'y trouve-t-il en y marchant seul ? Qu'allons-nous trouver au bout, et en y faisant demi-tour ?

Moi, je n'ai rien trouvé, que du temps… temps gagné ou temps perdu, ou pas vu… Avec le temps, je ne me suis pas et plus posé la question… Si quand même... mais cette balade ennuyeuse, rébarbative, m'en empêchait, c'était comme si je subissais un lavage de cerveau, une annihilation de mes réflexions. Ce lavage de cerveau ajouté au train-train quotidien me rendait idiot, stupide, tout ce que vous voulez, mais surtout pas et plus moi. Ce sable pour être très poli, me donnait des angoisses, rien que de savoir que j'allais marcher dessus pendant des heures sans m'y trouver, sans me trouver, sans être celui que je voulais, et je pense pareil pour elle, ça se ressentait peu à peu, l'accumulation lui devenait une obligation, un tunnel sans sortie, un poids mort, la vieillesse déjà jeune, les mêmes pas pour des années, elle se sentait marquer son territoire par chaque mouvement fait aux mêmes endroits, presque au même horaire... Je ressentais en elle le côté répétitif, obligatoire.

Pour elle aussi, cela devenait la balade de la méditative.

La liberté, ma liberté comme le chantait si bien, monsieur Reggiani : Longtemps je t'ai gardée comme une perle rare. Je pense que tous deux avant de nous connaître, avions le même chant. Et puis, l'union fait la force dit le texte... Insouciance était le premier ; volonté était le deuxième ;

Querelles et mots ont fini le troisième ; mais tout cela était de bonne guerre. Et nous avons tous deux obtenu enfin notre liberté, à tous, enfants, femmes, filles, garçons, hommes, maris et j'en oublie…

La liberté est un joyau, un diamant, une étoile dans la nuit effrayante, qui parfois est enchainée, esclavagisée par d'autres, pas les plus intelligents je le confère, ni par les plus respectueux, j'en suis sûr.

Cette liberté solitaire comme je la vis dans mon tonneau de Diogène, sur mon chemin jaune-grisâtre maintenant sans mon double, ma moitié, ma vie, me paraît parfois triste et longue. Mais dois-je m'en plaindre ?

Retour aux sources de la possibilité et de l'orgueil, de la fierté et de l'envie. Vouloir et pouvoir ne donnent pas savoir et avoir ; ils donnent, maintenant, après et plus tard.

C'est étrange qu'en cet instant de solitude viennent et surviennent, pensées envers l'autre, chagrins, larmes, sentiments et souvenirs. Avant on ne se doute pas ; pendant on ne s'aime pas ; et après on voudrait tant que tout recommence comme avant…

Étrangeté, volonté, fierté, illogisme, incompréhension, narcissisme... Donnez-moi la réponse.

L'oiseau est-il heureux seul dans sa cage ? On pourrait dire que oui, mais pourquoi cette réflexion et cette pensée ? Seulement, parce que l'on se dit qu'il ne connaît pas l'autre, les autres, ne sait pas qu'ils existent... Il est prisonnier seul depuis petit, alors il se suffit, comme un humain dans un petit appartement, il fait avec, s'en contente... Il a à boire, à manger, la paix royale, pas de tracas, vit peinard et attend sans savoir ce que sera demain. Certainement le sait-il, mais pour lui demain sera aujourd'hui, au même endroit, dans le même lieu, à la même température, un jour sans fin... Derrière tout cela, qu'est-ce que la liberté ?

Famille, je vous aime : alors, pouvez vous me dire quelle est la différence entre ceux qui se tiennent la main et les autres ?

On pourrait se dire que ceux qui se tiennent si intimement s'entendent mieux que les autres, mais cela c'est le miroir aux alouettes, ce n'est pas une science exacte, il se peut que l'on se promène attaché à l'autre, mais en cachant ses traits de caractère...

« Je te donne la main, tu fais de même, et la paix est entre nous, sinon c'est la guerre ».

La promenade devient un moment de repos des guerriers, cela peut aussi être dû à une faiblesse de l'un « je lui donne la main, comme cela je serai tranquille ».

Du haut de notre amour si accroché, nous ne faisions qu'un ; rien ne nous séparait… je lui criais : « De quel droit aura-t-on et osera-t-on m'arracher de tes bras qui sont ma vie… t'aimer est mon bonheur suprême » ; hélas ce ne fut que des moments enchanteurs, mais prompts à vite disparaître… car comme le dit si bien la chanson de monsieur Alain barrière : *Je ne suis qu'un homme, rien qu'un homme, et j'aime la vie aux quatre vents.*

Nous nous parlions longuement, et nos voix en ce temps, heureuses à l'unisson, criées çà et là dans notre nid intime, tombaient en perles d'amour et de tendresse en éclat sur le parquet de nos jours ; t'en souviens-tu ma douce maîtresse ? Actuellement, nos paroles sont mortes, nos voix séparées, tous deux avaient cru que, mais au final, l'abouchement entre nos deux êtres ne se fit pas et ne se fera pas… présentement le parquet du couple ne reçoit plus aucun éclat, ni de voix, ni de moi, ni de toi…

Tristesse de maintenant et de demain. Je me souviens aussi, qu'amoureusement et face à elle, mes mots erraient dans ma bouche, puis s'envolaient pour se poser humblement et délicatement sur ses lèvres moelleuses, tendres et si fascinantes. Je me faisais une fierté de lui parler pendant des heures.

Souvent, au geste d'un pantin mécanique que j'étais face à elle, j'essayais d'attraper au vol ses paroles, car un léger vent doux les soulevait de sa bouche, et moi d'une main aux cinq doigts crochetant, j'essayais de griffer ses mots, et de m'en nourrir goulument une fois seul. Des paroles s'exhalaient souples, sages et suaves, sortant mélodieusement de cette bouche, de ces lèvres pudiques et chastes, pour devenir lentement et précautionneusement un souffle de tendresse irradiant, hélas, la triste et brutale réalité du toujours retrouvé. Des paroles, maintenant je vous redis, mais à ces moments, pourquoi n'ai-je pas tout simplement fermé la porte du réel pour vivre l'irréel de son amour… même souillé, même sali par tous, j'aurai innocemment fait celui qui ; mais j'aurai gardé elle, sa voix, ses mains, son royaume, son futur, mon bonheur.

Dans cette promenade familiale, l'un tient l'autre pour ne pas qu'il ou qu'elle se barre ailleurs et le ou la laisse seule.

~~ Chapitre 2 ~~
Jeune couple

Voilà encore quelque temps, le grand bonheur de ces canaris dans une petite cage personnelle faisait plaisir à voir, mais le temps montre d'autres voisins, d'autres cages, d'autres canaris, d'autres inséparables, d'autres pigeons, d'autres endroits, et peu à peu la mer efface sur le sable, les pas des amants désunis.

La rouille vient de partout, elle ne ronge pas que le fer naturel, elle bouffe le fer du couple, le fer de la cage, le fer que se mettaient nos deux canaris ou inséparables pour se regarder, se sentir, et s'aimer.

La rouille passe pernicieusement par les mains, et le fer qui unissait les tourtereaux s'est tellement dégradé qu'il ne tient plus rien ; les petits morceaux qui se forment font des entailles et blessent dangereusement…

Alors plus rien ne tient et il faut lâcher rapidement. Il n'y aura plus de fer entre eux, la vie maintenant va prendre sa route de bitume, et chacun son chemin gris jaunâtre, qui peu à peu va devenir un enfer sans couleur.

La et les balades vont se continuer, éloignés, séparés, évasés, esseulés, disjointes de plus en plus. Comme les couples ayant eu des accords sincères, eux auront aussi des accords sincères : Toi loin de ma main et on se complète, mais écartés des quelques mètres, je suis là, tu es là, un point c'est tout, et chacun sa pensée, chacun son rythme, et bonjour l'ambiance.

En ces instants d'harmonie parfaite et lointaine, nous sommes loin des autres couples se promenant en complicité respectives, libre.

Parfois la main est toujours là, mais les regards ne sont plus complices, plus ensemble, plus en face, mais ils sont surtout, partout où l'autre n'est pas, chacun louche de son côté peut-on dire… l'un pose une question, et l'autre ne répond pas ou peu…

Cela devient la promenade de l'obligation, de la respiration, de l'entretien physique, de l'antirouille des genoux, des tendrons et des ligaments…

Une façon déplacée, de mélanger la lâcheté et la fuite en y associant une détente mentale et physique, toutes deux douteuses. C'est une détente mentale qui n'en est pas une… ou plus une ; qui ressemble étrangement à un bourbier, à une envie de se barrer en courant d'un seul coup sur cette piste de calcaire ; de fuir, de lui dire adieu, de s'arracher, de larguer les amarres en quelques secondes, mais seulement dans sa tête. La volonté est là, mais pas le courage ou autre chose... Comme l'a dit si bien la chanson de monsieur Léo Ferré : *Avec le temps va, tout s'en va... l'autre à qui l'on croyait... avec le temps, on n'aime plus.*

Pourquoi ne se disent-ils rien nos jeunes couples, nos petits inséparables, nos blanches colombes de l'amour toujours ou pourquoi ne se donnent-ils que des réponses vagues, floues, sans franchises, sans raisonnements, sans suggestions, sans vraiment approfondir les petits problèmes familiaux, sans aller au fond ou vers le fond du tout, du primordial.

Tout simplement parce que cela tournerait au pugilat rapidement, à un grand affrontement où tout sortirait en force, en masse, en bloc, car il faut le savoir, que nos jeunes amoureux passionnels et inséparables sont colériques, et se révoltent.

Maintenant comme dans le passé, hier, avant-hier, et dans le lointain, il en était de même pour les couples ; mais les archives actuelles n'en disent mot.

Les chercheurs cherchent, les penseurs pensent et notre soi-disante, institution préfère ne pas ressortir les vieilles valises placées sur les armoires du temps ; premièrement pour ne pas soulever la poussière mais aussi ne pas faire ressurgir de vieilles aigreurs, acides, corrosives qui peuvent encore faire des dégâts.

Quand une colère éclate, elle est sèche, franche, rude, rapide… pourquoi ? Parce qu'en un, il faut que la pression sorte ; mais qu'en deux, tout depuis des mois, est calculé au millimètre…

Chacun dans son petit coin de cerveau a préparé son discours, ses gentillesses, ses invectives, ses répondants…

Chacun attend terré dans sa parcelle de territoire, le ou la moindre parole pour que les belligérants s'affrontent, s'opposent sur un rien, un pas grand-chose, une broutille, une carabistouille, une pécadille.

Les armes sont en préparation, tout est en place soigneusement, et chacun attend dans son cantonnement ; attend patiemment que l'autre bouge et ce sera la bataille. La guerre du couple commencera modestement par un mot puis par une réponse ; réponse personnelle et non reconnue par l'adversaire, qui elle ou lui va pousser ses pions à l'opposé de lui ou d'elle…

Les deux sont des calculateurs et calculatrices du futur ; ils savent la guerre proche, le couple assis dans son bateau familial vogue sur une rivière menant vers plus gros avec de risques destructeurs et non réversibles.

Le père ou futur père pense qu'en pagayant lentement à l'arrière, et contemplant le vaste territoire en sifflant, fera calmer la barque, qu'il empêchera l'eau de la casserole qui chauffe lentement de se vider en dehors, de déborder et de brûler profondément l'un ou l'autre ; mais elle à l'avant rame moins fort ou pas comme il faut, et pousse l'autre, l'arrière, vers... Il n'y a pas un père ou une mère sur ce bateau à tenir le gouvernail ou la rame, il y a la volonté d'être la ou le commandant, et l'autre d'être le ou la rameuse. Il n'y a pas de physique, mais un mental, ce n'est pas la même chose...

Peu à peu le petit jeu du commandant et du rameur devient un combat mental et un combat naval. D'un côté, une fille qui jouait à la dinette, à l'institutrice, la maîtresse, et se souvient de ce qu'elle imposait à ses peluches, nounours et poupées enfant ; et de l'autre un garçon qui jouait aux soldats, au cow-boy, au constructeur, au bricoleur, au chef, et se veut toujours le vaillant de son enfance héroïque. Deux mondes opposés, incontrôlables et sans jointements…

Alors le présent actuel… aie, aie, aie !

D'abord mademoiselle : Elle gentiment et modestement en silence, a trouvé un autre cerf, mais aussi un autre nid privé et personnel en intimités physiques. Quant à lui, il n'a pas vraiment expliqué ses volontés de connaître ce qu'il sait maintenant sur l'intimité féminine, et qu'il voudrait bien continuer à y placer ses dents de jeune loup…

Souvenez-vous de la chanson des années 1960 de monsieur Jean-Claude Arnoux : *Aux jeunes loups* ; elle est explicative.

En clair, nos deux jeunes tourtereaux, canaris ou inséparables, veulent pareillement, depuis des milliers d'années, faire comme tant d'autres, aller voir ailleurs ; savoir comment est la vinaigrette et les salades ; rencontrer d'autres baromètres intimes momentanés ; voir, comprendre, choisir, être libre, ne pas s'embourber dans un couple boiteux jeune. Ils veulent batailler, s'endurcir mentalement, changer de poste, de boulot, d'endroit, connaître, voyager, et puis subir la suite en se disant *« on verra bien ; qui vivra verra »*. Ils n'ont pas été francs avec les parents ; n'ont pas été francs avec l'autre ; et ne seront pas francs pour les petites batailles familiales et autres broutilles futuristes. Nos jeunes canaris parfois sortent du nid douillet pour aller voler en synchronisation vers un autre nid douillet, celui d'autres canaris qui comme eux pensent-ils, s'aime d'amour et d'eau fraîche. Hélas, le rendez-vous n'est pas à l'idéal ni au rêve profond.

Gentiment minute après minute, ce gentil couple montre du naturel, écarte les faux-fuyants, les miaulements chatons et les masques tombent... D'abord par quelques écartements physiques puis ce sont des demandes d'aides qui ne suivent pas, arrivent les premiers coups de canif cinglants mais gentils... et en crescendo viennent les remontrances accompagnées d'une discorde flagrante et journalière. Il n'y a point de disputes et gestes, mais cela s'approche... Nos deux canaris premiers se regardent et chacun extérieurement fait l'étonné ;mais intérieurement pensant avoir vu cela quelque part chez eux, seuls... En bons canaris solidaires, que doivent-ils faire... les innocents, les simplets, les stupides... ou chanter comme elle ou lui ? Cela, ils ne l'avaient vraiment pas prévu, ils pensaient que les autres étaient comme eux... Comment « comme eux » ?. Le futur du nid douillet commence à sentir une autre odeur venue d'ailleurs, ils s'aperçoivent que l'ailleurs sent le brûlé, le mal cuit, le chacun sa gamelle.

Temps d'antan, temps d'hier et de demain, doit-on juger les autres, nous, nos parents, la société ou notre race ou espèce ? Ne vous inquiétez pas, les primates se chamaillent, les lémuriens aussi, les tortues ne font pas mieux et les poissons se mordent gravement sans respect. Nous ne sommes que les descendants des descendants venus voilà plus de 600 millions d'années, période où déjà le respect n'était pas toujours au rendez-vous.

Je les vois tous ces beaux couples, lui gentil comme tout, elle courageuse et batailleuse, j'en ai vu des centaines sur mon chemin gris jaunâtre de promenade, de vadrouilleur solitaire. Ils sont beaux à voir, ils font plaisir, ils sont héroïques, mais la partie cachée de l'iceberg est sagement restée à la maison... lui reste assis sur sa chaise comme un enfant, elle fait tout, et il ne faut ni toucher, ni critiquer, ni déplacer... Les voisins sont les amis, mais lui ne doit pas trop parler ; les achats, c'est elle... la vaisselle, c'est elle ; le ménage, c'est elle ; le rangement, c'est elle ; tout c'est elle... Et il a bon dire que... Silence bébé... Alors, il fait le sourd, le calme, et attend gentiment et calmement sur sa chaise d'enfant, l'heure de la promenade, qu'elle a choisi, à la vitesse qu'elle a choisie, le chemin qu'elle décide pour eux. Pour être honnête, il faut reconnaître que beaucoup de messieurs sont parfois et souvent d'une utilité vraiment inutile... Ne jetons pas de fleurs dans un vase percé, ou ne donnons pas à manger à des poissons morts, cela serait onéreux et une perte de temps considérable. Nos canaris savent très bien siffler à l'unisson quand il le faut, faire de l'intimité avec une partition différente au son de leurs voix et de leurs pensées, et volontés du jour...

Puis arrive gentiment le reste... là, quelques désaccords et décalages amoureux surviennent, au début lentement et de plus en plus marqués, ils font sortir des sons, des mots, et des disons emportements, plus secs, plus francs, plus rudes, moins tendresses. Bébé, sur sa chaise haute, se fait remonter les bretelles, car il ne fait rien, mais tout en recevant l'ordre de ne rien faire, car il fait de l'inutile...

Mais monsieur aussi chante et récite joyeusement des gentillesses et histoires drôles vers ces autres demoiselles, il est bien gentil, les fait sourire, les scrute, les lorgne, les charme. Elles, les adversaires de son couple, en profitent joyeusement pour lui faire croire sans faire croire... parlent au mari ou fiancé sans le montrer, mais il a déjà en secret leur carte de visite dans la poche... cette façon de faire, date des cavernes et des grottes ancestrales.

Les premiers soubresauts de la discorde arrivent, un semblant au loin de rouille s'amalgamant lentement dans le futur proche, mais il n'y a pas encore d'orage. La météo dans la cage des serins indique simplement un coup de vent local ; le baromètre prédit silencieusement des moments avant-coureurs de petits crachins momentanés ; quelques perturbations atmosphériques avec un temps gris partiel ; un léger froid passager, parfois givrant ; un petit brouillard dans leurs regards ; une montée de la température passagère ; et si nos deux oiseaux se remettent en symbiose, ou fausse symbiose, une belle fin de journée ensoleillée pourra être accordée et signée jusqu'à la prochaine perturbation.

Après quelques promesses qui ne suivront pas toujours, quelques becs intimes, quelques mots compréhensifs, un repas délicieux du midi, il y aura la petite promenade digestive sur ce chemin tendresse et apaisant, et enfin, le retour avec un petit gâteau, une petite boisson et assieds-toi sur ta chaise mon chéri... Ça c'est de l'amour pur, franc, grandiose. Elle le dit à tous ' *Il est heureux, n'est-ce-pas ?'* et lui répond avec un air fuyard accompagné d'un sourire et d'un oui idiot qui lui va bien en cet instant... Il n'a le pauvre ou elle n'a la pauvre, que cela à répondre sinon c'est dehors, et se retrouvera seul ou seule dans un studio perdu quelque part loin du nid familial si douillet où l'amour y est installé pour longtemps.

Beaucoup dans un couple, enfin, l'un des deux sur son savoir, et sur le savoir que, de ne plus avoir de repère peut abaisser le mental de l'autre. La peur de ne plus être dans son calme, de perdre ses repaires, ses habitudes, être chez les autres, même sa propre famille, n'est pas être chez lui ou chez elle, car il ou elle pense importuner, gêner, obliger, être une ou un intrus chez les autres, bousculer leurs vies intimes, leurs habitudes, se poser des questions, ne pas trop vouloir comprendre la face cachée aussi de leur vie. Alors le combat devient inégal...

Cette manipulation aussi bien mentale que physique finit grandement par fatiguer, user, lasser, traumatiser, et le plus faible rend les armes, ou se tait à tout jamais enfermé dans un beau meuble en sapin, quand ce n'est pas une simple boîte à chaussures. Mais cela c'est pour les vieux, les anciens, nos modèles pour tous. Ces boîtes renfermaient de belles chaussures en cuir, du véritable cuir ; et comme le disait la publicité de l'époque : Le cuir a su vous séduire, sachez mesdames, l'entretenir... Cette publicité oubliait de dire que la boîte en carton pouvait très largement servir et entretenir aussi après la mort.

L'amour quand tu nous aimes si fortement, que tu es beau. Le poète est-il aussi heureux qu'il ne l'écrit, ne le récite ou parfois le narre ? Lui le dit, mais madame chante également le texte... Elle le danse aussi différemment en présence d'autres poètes de passage dans la chambre nuptiale pendant que lui couche sur papier son bonheur si beau. Tous deux dans leur coin vivent heureux sur leur chemin jaune-grisâtre de l'amour éternel.

Pendant les anicroches de ces couples ou de votre couple, il y a des mots, des expressions, des rabrouages et incivilités dites ou exprimées, disons sur l'emportement, sur le non réfléchi, sur l'élan, sur la frénésie, la fougue, l'exaltation, l'accumulation, et là gentiment, délicatement, tout mignonnement, sagement, gracieusement, et mièvreusement sort une belle et agréable petite tournure féminine de la bouche de votre encore un peu tendresse, et ne cherchez pas une explication à toute cette gentillesse énigmatique, vous ne trouverez pas... la seule que l'on vous donnera votre amoureuse belle comme une fleur en pleine éclosion de parfum, sera « *Tu ne comprends rien* » ; Mais rien à quoi ? Cette petite expression toute simple est une énigme que j'entends souvent sur ma promenade jaune-grisâtre ; les gentilles femmes de tout âge, ne se privent aucunement de la sortir à profusion vers l'autre, et ne croyez pas qu'il y ait un âge, pas du tout, chaque âge masculin se prend cette gentillesse dans les dents, et le résultat est identique à chaque fois : Mais rien à quoi ? Cette petite débrouillardise féminine est pour elles, une protection contre tout et rien, contre vous et les autres, c'est un bouclier antichoc, un airbag, un parachute, une armure que vous ne savez pas manier, ou pour lequel vous n'avez pas le mode d'emploi. Et vous bêtement ne savez pas quoi répondre... Ne cherchez plus, toutes explications donnent un autre résultat chez elles, car pendant que vous cherchez le pourquoi et le comment, elles mentalement préparent les diverses réponses à vos questions, c'est le jeu d'échec avec ses coups d'avances !

Et ne pensez pas une minute que vous allez pouvoir dire la même, elle connaît le jeu par cœur, et vous dira une réponse que vous ne comprendrez pas plus. De plus, gentiment et intérieurement, ces deux oiseaux de bon augure, ont oublié de dire qu'avec le temps et les familles ils ont connu pas mal de pièges, soit à éviter, soit à faire… maman par ci et papa par là, ont montré ce qu'il fallait et ne fallait pas faire ou dire à chacun des canaris, pendant sa jeunesse oisive. Chacun d'eux a manipulé gentiment, parfois modestement, le mental de son ou ses enfants pour plus tard. Cela s'appelle : les lendemains et les suivants. Ils savent que demain seront batailles, querelles et conflits entre les petits oiseaux. Mais chut, vous ferez comme nous, vous allez bouffer votre 'foutoir'. Vous apprendrez sans comprendre, sans avoir le temps de comprendre et de réfléchir…

Cette petite joie intime des parents est une insulte au futur et dans l'avenir ; c'est manipuler les petits enfants, c'est détruire leur avenir, leurs idées innocentes…

Devenir père et avoir été manipulé aussi bien par ses parents que par le reste ne donne que le zéro absolu. On ne me disait rien, parce que j'étais avec mes enfants, j'étais le bon papa avec la gentille maman qui avait eu de beaux enfants ; j'étais un bon patron dans une gentille société qui me donnait un beau boulot.

Au début, j'avais un bon propriétaire qui me louait une gentille maison avec de beaux loyers bien chers. Puis j'ai placé de l'argent et fait construire ou acheté. Je me disais qu'en faisant tout cela, ma famille serait à l'abri des chocs, des mots, et des trahisons familiales... mais que nenni mon ami, la rouille qui se place entre les doigts pousse aussi dans les murs, les plafonds, les robinets et la toiture du fameux nid familial...

Un gain pour un gain, c'est il paraît de bonne guerre de penser cela... Moi j'ai préféré pour mes enfants fuir et tout leur laisser, ils ont un toit qui les protège pendant leur enfance, ce qui est un plus... je sentais bien qu'un vent de violence allait souffler sur la maison des quatre petits cochons, et que la mienne serait emportée au deuxième coup de vent....

Actuellement, le vent ne souffle pas sur et dans mon tonneau de la solitude, c'est un plus et un bien que je m'accorde innocemment.

Maintenant dans mon tonneau, je suis peinard, plus de problèmes, plus de tracas, plus personne, seulement moi, le ciel, le soleil et la flotte sur la tronche les jours de belle pluie.

Je n'ai plus à stresser pour les futures promenades à savoir si je dois serrer ou pas la main de l'autre à côté de moi, car actuellement je n'ai que la mienne et elle est dans ma poche, à mâchouiller avec mes doigts séchés, râpeux, rugueux, esseulés, mon mouchoir en papier qui devient un lambeau de petits bouts de papier.

Ma balade du méditatif est heureuse, pas de loyer, juste un petit coup de verni tous les trois mois pour qu'il ne pourrisse pas, et le tour est joué ; à moi l'aventure. Comme le titre de ce film : « *l'aventure, c'est l'aventure* ». Pour en revenir à moi, où en étais-je, ah oui ! à moi l'aventure.

Le problème, c'est que je suis seul. Être seul apporte des compensations, c'est vrai… mais surtout un lourd fardeau d'embuches, car lentement sans m'en apercevoir, je me suis adiré, égaré, perdu mentalement ; pendant l'été et l'automne tout se passe bien, mais quand arrivent les fins d'année, les grands rendez-vous en famille ne sont plus là, c'est horrible : Noël et jour de l'an seul ou seule, cela vous saborde bien, et vous coule mentalement et physiquement. Pour moi, finies les fêtes de familles, les anniversaires des gosses et tout le tralala... Le petit gâteau au chocolat que vous mangez seul, est ordinaire, fade, sans goût, sans saveur, sans elle, sans lui, sans eux ! Maintenant, qu'il soit au chocolat ou au jus de chaussette, le goût est le même, il a le goût de la solitude, du solitaire, de l'effacé, du lointain... Suis-je une personne, enfin, un être, un Diogène moderne, condamné à porter le deuil de sa belle et inextricable vie si lamentable ? O' joie, soulève-moi en hauteur pour que le poids que je porte, allège un peu non pas ma conscience, ni mes volontés, mais seulement pendant quelques instants, ma faible et misérable vie cruellement ratée.

J'imagine ou plutôt je revois instantanément ces couples jeunes ou vieux qui font semblant... Semblant, voilà un sale mot et surtout de sales moments... Moment de s'entendre, ils font semblant de rires, et qui s'évitent, ce slalom entre les couloirs de la cuisine et du salon, ne se regardent pas pendant qu'ils débarrassent la vaisselle, baissent les yeux entre eux, et prêts au moindre faux pas de l'un, à sortir devant les invités, la hache et à frapper d'une haine trahisseuse, mais tant sympathique et si cordiale le faux semblant adverse.

Tous se souhaitent une bonne année les yeux dans les yeux, mais partent séparés pour rentrer chez eux... se font la gueule dans la voiture, l'un siffle, l'autre dort, l'un fait attention étrangement à sa route, l'autre regarde le paysage des magasins fermés.

Mais pour ceux qui restent chez eux, ce n'est pas mieux, les dents se desserrent, les mâchoires reprennent de la belle, et lentement les paroles hargneuses, malsaines et les remontées de bretelles sortent, fusent ; le petit jeu recommence comme avant ; la guerre est repartie comme, en 1914-1918. Mesdames et messieurs, soyez gentils, ne gaspillez pas inutilement et ne gâchez pas véhément vos haines et méchancetés légendaires pour quelques broutilles familiales. Visez plus haut, soyez princes et princesses... Acharnez-vous sur ceux que vous ne connaissez pas, soyez lâches à souhait. Votre hauteur mentale si narcissique n'en ressortira que plus valeureuse et épanouie, enfin !

Je me souviens d'un seul coup des travaux dans la maison. Au début, tout était beau et en harmonie, nous étions alors jeune couple, et chacun avait quitté joyeusement le territoire familial avec ses valises, ses volontés, ses futurs bonheurs, son âme d'enfant, ses rêves d'aller vers un futur magnifique, de tout donner à l'autre, de ne faire plus qu'un avec, mais lequel ?

Nous étions d'accord sur tout même la position des meubles, la vinaigrette dans la salade, les séries à la télévision, le linge sale, les achats séparés, le futur chat ou chien ; vraiment tout... Nous allions comme deux explorateurs de l'inconnu , nous lancer à bras-le-corps en harmonie partout : peinture, plomberie, sanitaire, bricolage, carrelage et plus. Il y avait parfois de petits dégâts privés, mais tous deux nous en rigolions, cela se continuait en bataille d'eau, de peinture, et ensuite intimement dans la chambre ou ailleurs... Que le temps était beau et notre amour toujours. Je me croyais Italien chantant faux pour ma belle, et elle se faisait envoûtante pour cet hidalgo Italien, ce sérénadeur au charme fou...

Étrangement, avec le temps, les rigolades ont fini en engueulades, en colères, en rabrouage et chacun partait de son côté faire la tête...

Tout y passait, la couleur, la façon de peindre, le temps pour finir le carrelage, et entre les taches sur le sol, l'odeur, le moment de le faire, cela devenait une arène de combat, où rien ne commençait, et tout se finissait par une autre volonté que les miennes ou des nôtres... Je ne cherchais plus à savoir, elle décidait et je me taisais, j'avais toujours tort...

Ensuite, il y avait aussi les petites gentillesses méchantes, les reproches, les moqueries, des railleries... Nos conversations devenaient acéteuses, avec un goût de vinaigre imbuvable, âcre, cela ne donne plus envie de faire ou même de penser.

Elle savait tout faire mieux que les autres et il ne fallait rien lui dire... Quelque temps plus tard, un autre ténor Italien chantant mieux que moi, plus fort que moi, aussi faux que moi, inconnu au bataillon des anciens maris, sentant le sable chaud est apparu. Sable chaud, mot précurseur de mon futur... Lui, plus aux ordres, moins répondant, plus doux, innocent qu'elle pourrait dégager une fois lassée et blasée, sans contrat de mariage, sans préavis d'expulsion, sans égards, sans avocats, et surtout sans pension alimentaire à verser. Comme ces vieilles années d'avant, voilà bien longtemps, où le chauffage urbain n'existait pas alors ; dans le vieux poêle à charbon du couple, ne voulant pas que la flamme de notre amour si puissant s'arrête, je mettais à grandes pelletées du charbon en masse, à faire exploser l'appareil. Je voulais une flamme et une chaleur qui nous tiendraient heureux, mais nous nous donnions simplement que des flammèches, et un semblant de tiède presque froid. là, seuls, sans avoir à aller le chercher chez les autres, les voisins, les passants momentanés, ceux qui auraient put tout casser, tout détruite de notre flamme si belle, si rayonnante de nous et de notre passion commune.

Ce que nous n'avions pas vraiment compris, c'est que sans air venant du dehors, le feu s'éteint graduellement de lui, sans pouvoir arriver à le rallumer. Cela veut dire qu'il faut obligatoirement laisser l'air de l'extérieur rentrer dans sa maison, aux risques et périls de son amour pour toujours. Notre couple mollement mais imperturbablement devenait un brouet d'andouille, cela veut dire en ancien, qu'il promettait beaucoup, mais qu'il n'aboutissait à rien.

Je pense maintenant en étant sur mon chemin de calcaire ancestral, seul comme l'unique, seul comme le chiffre un, seul comme une ile perdue, seul comme une main sans l'autre, seul comme un avant sans l'après, un présent sans le futur, un passé sans l'avenir, un demain sans hier, tant de petits éléments inutiles, mais si importants ; que l'un de nous savait, mais je ne sais pas lequel encore ; qu'en ouvrant une porte d'entrée, un courant d'air, allait faire repartir le feu, me faire partir, et faire venir les autres. Je pense que dans cette maison, le feu doit être actif régulièrement, mais qu'occupée à ne pas qu'il s'éteigne, et trop affairée, elle n'a pas le temps de me chercher, mais qu'elle viendra un jour sur ma piste jaune grisâtre.

Dans cette vie dénuée de toutes liesses et décousue de toutes fêtes, mon médiocre simulacre de caractère ambitieux, têtu, sans velléité et dénudée, est au plus bas de la volonté. Je ne suis actuellement plus qu'une simple toile peinturlurée prosaïquement de couleurs pâles et sans intérêt.

Dans ma tête maintenant, j'implore chaque seconde que tu sois là assise sur un banc, m'attendant, et que ton immense me tende la main pour nous ramener chez nous, chez toi, chez qui tu voudras.

Une femme fouille-t-elle dans les tiroirs de son âme pour dire un mensonge d'abord, et une vérité ensuite... La vie doit être vécue « Andante » ; ni trop vite ni trop lentement.

Je le vois souvent dans ma petite balade du méditatif, je les connais ces couples dont l'un veut toujours avoir raison sur l'autre, ils se bouffent le nez, se rabrouent, s'invectivent, se toisent presque, et il ne faut pas grand-chose pour qu'ils en viennent aux mains. Ce petit jeu de parole use fortement, stress, fatigue, agace et finit par enlever l'union, le commun, le ciment du couple, et laisse grandement une grosse couche de rouille se placer entre les mains, les doigts et les êtres.

C'est à se demander si l'un d'eux ne remet pas volontairement une couche de rouille pour le plaisir.

S'entendre, voilà un mot du couple, mais que veut-il vraiment dire, il veut dire tout simplement être ensemble, s'accepter, s'acclimater, connaître un nouveau royaume, tenter, faire croire, s'expérimenter, passer un cap, une péninsule. Cela donne surtout la possibilité de fuir ses parents, de jeter les premières bases de son indépendance, de faire croire que... et puis ne plus se sentir surveiller par les vieux, les parents ; pouvoir connaître ce qu'ils nous cachaient si précieusement comme un secret, comme un trésor impossible ; faire comme eux, les achats, choisir, pouvoir, avoir, sans se faire interdire, devenir eux mais sans eux... la petite vengeance familiale. L'indépendance jetée à leurs belles figures de patriarche et de matriarche... Fini d'être la petite poupée de maman et le petit prince de papa, fini de subir leurs caractères, leurs décisions, d'être chez-eux, de subir leurs quatre volontés monarchiques...

Maintenant, nos deux tourtereaux de la nouvelle vie vont pouvoir se prendre une part de liberté dans le grand gâteau de la vie tout en étant en couple, mais en faux couple... car derrière ce petit manège, se cache le et les caractères enfouis depuis des années par les vieux... Une ou d'autres vengeances vont sortir, d'autres volontés vont apparaître, prendre vie, prendre forme, se distinguer dans le flou de cette union bâtarde, borgne, calculée, et qui finira après quelques mois ou années, dans des invectives venimeuses, tant brulantes, encerclés de curare, d'acides destructrices, de haines glaciales, et de mépris hurlants. Il y aura toujours la balade familiale calculée, tout le bazar des faux mots et des vraies envies, les manipulations et les pièges de toutes sortes, les « faire croire », la gentillesse cachant le méchant, la douceur cachant la dureté, la main tenue cachant l'écartement des doigts. Tristes moments où la trahison de l'un massacrant le futur de l'autre, il n'y a pas de côté pour cela, hommes ou femmes ont rodé leur mécanisme depuis des années et attendent comme le pêcheur pour le poisson ; comme le poisson plus gros sur le plus petit ; comme l'araignée sur sa toile ; comme la plante carnivore sur l'insecte ; comme la mante religieuse sur le mâle ; comme le tueur face à sa victime innocente.

Il y en a qui suivent parce qu'obligé par l'un d'eux qui est assez familier ou familière avec les autres, pas farouches, facilement invitable chez-soi ; certains hommes aiment aller chez les voisines poser des clous, et certaines femmes aident leurs voisins pour le ménage, il faut s'entraider écrivait monsieur De La Fontaine, c'est la loi de la nature... avait-il vraiment raison ?

Mais la promenade du dimanche est pour l'un d'eux, un enfer, un chemin de croix, priant et implorant en son for intérieur, de ne pas croiser l'autre ou celle... ces voisins ou voisines, si irrespectueux et irrespectueuses contre cette faiblesse ; ne pas voir, respirer ou vivre la honte, le dégout, l'insulte. Alors l'un veut par fierté, par mépris, par volonté immonde, par penchant sexuel aller chercher vers, fouiller, continuer ; et l'autre piteusement par peine, par peur, par obligation, par force faible, se voulant combattante ou combattant d'un duel perdu d'avance se fait par respect de soi, poule âgée combative et fatiguée, ou coq vieillissant et sans courage et force… car l'ennemi ou les ennemies qu'il soit elle ou lui, sait ou savent grandement votre faiblesse, et s'en vantardise mentalement et si ignoblement de ces instants insultants. Cette abjection face à vous les stimulent, mais un jour triste viendra la vengeance de la vie, et leurs larmes demandant votre secours, votre pitié et votre aide ne vous toucheront pas ou plus. La victorieuse ou le victorieux d'hier, n'est plus que lambeaux. Que leurs implorations si lâches disparaissent alors dans les courant-d'air du temps. Ils se donnent la main, mais la sincérité n'est pas au rendez-vous, ce sont parfois la honte, le mépris, la rancune qui surviennent dans une non-possibilité. Ne pas pouvoir, ne pas savoir comment faire pour arrêter tout cela ; l'ignominie. Donner la main est un hurlement de peur, une demande de respect, une supplication, une imploration à la considération, mais rien n'y fait…

La balade devient un cauchemar, un martyr, un sabordage, une insulte, un chemin de croix. Sur mon chemin de funambule, nouveau petit mot qui me vient là comme une logique, un vrai, une obligation... Dans cette nouvelle vie d'écarté des autres et d'elle, je cherche mon parcours qui à la moindre erreur peut me jeter dans le vide de ma vie. Le simple morceau ou la grande longueur de ficelle sur lequel se posent mes pieds actuellement ne me rassure aucunement sur mon futur d'équilibriste, et mon passé de canari ou de pigeon. Ai-je bien fait de me lancer dans cette aventure souvent déconcertante ? temporairement saugrenue, j'en conviens parfois enrichissante, mais terriblement angoissante.

Être trop sûr de soi, se croire, espérer, penser, vouloir, voilà de beaux mots, mais face à la réalité, ils prennent une autre dimension. Une fois parti, il n'y a plus de retour comme dans la vie normale, ou le soir on rentre, on s'assoit peinard sur le canapé avec un petit verre et les cacahuètes, en racontant sa journée souvent creuse, sans intérêt, suivie d'une discussion longuette, non instructive pour madame ; mais la sienne n'est guère plus brillante, entre ce qui est dit, ce qui est oublié volontairement car dangereux pour le couple, le repas du midi entre copines, inventé, avec une petite griffure sur le contrat des canaris, une obligation d'écouter chacun l'autre et de faire attention à ses paroles, mais surtout de s'en souvenir, dans longtemps...

La vie dans la cage devient lentement et en silence, un lieu de paix où l'avenir prend une dimension inconnue, où le terrain devient sable mouvant, où le moindre faux pas, deviendra un gouffre sans fond.

Alors maintenant je suis là, et j'attends que le futur fasse son travail et qu'il choisisse ce que je deviendrais, à quelle sauce je vais être bouffé, et si papa et maman ont ou avaient bien fait de me donner la vie... Là, la réalité vous la prenez en pleine face, du dur de dur, du brut de brut. Entre les larmes, les coups de grisou, les volontés qui ne se feront pas, les peurs et les angoisses, c'est vraiment plus du funambulisme qu'autre chose. Il ne faut que quelques centimètres pour passer la frontière entre le vivant et le mort, mais pour cela il faut avoir le courage, mais le courage de quoi ; celui de rester ou de partir ?

J'en vois pleins, les larmes aux yeux, ils ou elles suivent l'autre, par dépit, par faiblesse, par je ne sais quoi, comme des enfants coincés, tenus, broyés, par une puissance irrespectueuse, volontaire, malsaine, autoritaire et silencieuse, sachant que quelque part ils ou elles vont trouver leurs égaux. Entre ces deux êtres, il n'y a plus de fer, plus de rouille, plus rien que du mépris et pour l'un l'envie de massacrer, d'insulter encore et toujours... le maître et l'esclave... La maîtresse et l'esclave... Cela devient du sado-masochisme : Être sado, c'est aimer frapper, et maso, c'est aimer être frappé... certaines femmes aiment les deux ; elles se forcent à frapper pour être frappées... Pendant nos aboiements réciproques, l'un et l'autre jetaient médisances et méchancetés. Dans ces moments de perdition, on s'explique, mais on ne comprend rien... pourtant avant ; toi, moi, nous, était beau, tendre et rapprochant. Les souvenirs comme la grammaire mentale perdent la mémoire... Dans la colère, on parle, hélas, bien souvent : Ab Hoc et Ab Hac ; confus, désordonné, pas clair ; mais le calme revenu, renie-t-on ses paroles... qui peut, et qui veut le dire ?

Il faut savoir faire en couple, des accommodants ; construire des accords et des ententes franches, sans arrière-pensées... Il n'est pas bien de vieillir après chaque seconde. J'ai connu sa jeunesse et sa beauté ; j'ai connu ses cris de bonheur et ses hurlements de haine ; J'ai vu ses yeux briller et ensuite noircir ; j'ai entendu sa voix si douce et après insulter. Je m'en excuse de t'avoir fait connaître aussi bien le beau que le moche, le dur que le doux, je suis impardonnable envers toi ma moitié, mon souffle à jamais. Je te veux heureuse loin de moi, et te veux redevenir toi, tendresse comme tu aurais dû le rester toujours.

Je les vois sur mon petit chemin de sable, allant ailleurs, partout, et nulle part, où je m'y enlise peu à peu, je les vois par à-coups, ils et elles m'apparaissent, elles et ils sont là perdus, croisant mon regard, qui ne leur dit pas par pudeur ou par frayeur d'apprendre, de comprendre, de me rappeler, de me souvenir, de revoir, le pire et non le meilleur. Pendant quelques secondes nos regards se fixent, mais le mien fuit, comme le leur que je reconnais entre plusieurs millions, le même pour tous, celui ou celle qui demande du secours, de l'aide, des mains tendues, des paroles, des mots, des… qui ne feront rien, qui ne changeront rien, qui ne les aidera pas dans le futur, qui ne peut les aider, mais seulement pendant quelques minutes redonner du tonus pour qu'ils ou qu'elles se croient, repartent dans un combat perdu par fatigue du mental.

Ne pas donner d'illusions, de rêves, d'espoir, de croyance, d'inutile. Ou le temps fait quelque chose pour vous, ou c'est seulement vous qui devez ou aurez la et les possibilités de...

Dans le silence si terrible et grandement inquiet de ma balade de méditatif, je croise les yeux de ces promeneurs parfois suppliant une aide, un quelque chose, un je-ne-sais-quoi, que je ne peux leur apporter ; car moi aussi en mon temps, j'aurai tant voulu, mais rien n'est venu...

Que le temps me paraissait long dans ma solitude si immense. En ce domaine, la main ne fait pas tout, ou pas toujours tout, mais elle y contribue en fantasme mental... Femmes, hommes qui êtes là dans cette promenade, dans cette flatterie, cette belle virée, avec en promiscuité lui ou elle... vous, enfermés dans vos esprits, vos volontés d'ahuris, de pantois, ou votre hardiesse qui n'est plus que le fantôme de vous ; et quant à vous hausser pour combattre n'a plus de valeur, plus le moral, plus d'âme du chevalier, du mousquetaire ou de Zorro... je vais vous donner une petite aide, mais ne dites rien, c'est un secret entre nous: Distribuez donc pendant vos promenades de claustrées, captives ; d'emprisonnés, d'embastillés avec l'amour de votre vie, vous tenant fermement la main de peur de perdre un ou une telle esclave ; donc sans rien lui dire, en catimini, en tapinois, en sous cape, en douce, en lousdoc, furtivement pendant que lui ou elle regarde ailleurs, qu'il ou qu'elle a le dos tourné à regarder les autres ; distribuez donc des prospectus demandant, implorant, suppliant de l'aide, ou du respect, un quelconque petit quelque chose, un sourire, un semblant de compréhension, un regard même con mais si respectueux, une tendresse, pas d'argent ni de chèque restaurant, mais une complicité, une main levée même très basse... Expliquez que vous ne faites pas la manche, ni que c'est pour rester propre, mais que vous quémandez simplement dans votre recoin, de ne pas pâtir dans cette errance inexplicable ; que vous voulez juste un ridicule rayon de soleil, une porte de secours, des demain et après-demain sereins, heureux, et vous, tranquille de tout et fortement rasséréné.

Moi, eux ; peu à peu, je ne voulais plus les voir, leur parler silencieusement, les aider discrètement, nous étions peut-être, cela est vrai, frères et sœurs de peines et de malheurs, mais je ne voulais pas remettre les mains dans ce cambouis pâteux, visqueux, glauque, immonde, ignoble. Alors dans un dernier regard leur criant silencieusement courage, je continuais ma route vers et les oubliais rapidement sans me retourner.

Ne pas donner d'illusions de conseils car eux, vous et moi ne sommes pas pareils, identiques, chacun ne comprend pas son autre avec les mêmes oreilles, les mêmes pensées, les mêmes sons, et les mêmes conclusions.

Le bonheur personnel est-il un bien ? Oui, pourrait répondre le philosophe, qui lui aussi n'a strictement rien compris à la vie, et n'existe seulement que dans son rêve, son nuage d'à-propos, qu'il lit dans les phrases des autres.

Moi dans mon tonneau, regardant tomber la pluie, et pensant, serai-je grand philosophe ? Hélas, non, je ne le suis pas et ne veux pas en être un.

Des peintres dans de vieilles périodes avaient représenté des singes, pouvant peindre, écrire, compter ; ces singes étaient-ils philosophes ? Était-ce une illusion d'optique, un rêve éphémère, une chimère, une plaisanterie d'eux, une triste réalité sur ce que nous sommes capables ou pas capables ?

Je ne veux actuellement répondre à cette et ces questions ennuyeuses, car je suis là philosophiquement dans mon tonneau, séparé de toutes et de tous, regardant l'eau tomber, je n'ai pas le temps et je ne veux pas me donner le temps de penser ni pour moi ni pour les autres. Je parle et j'observe ces gouttes d'eau, et essaye de comprendre le pourquoi du comment de ce liquide, et surtout j'essaye de comprendre la gravité non de notre vie, mais de celle qui fait tomber l'eau sur le sol. Tout est grave dans cette vie malsaine, et l'échappatoire est de comprendre par le même mot mais ne signifiant pas la même suite, le pourquoi d'un élément qui peut-être demain ou jamais me fera oublier ce bas monde, immonde et sans respect ?

Si j'étais philosophe et que j'ai grandement tout compris, appris, su, je serais actuellement là, me promenant la main dans la main avec elle, ma femme, ma volonté, mon avenir, mon futur, mon tout. Je serais avec mes enfants, je marcherais alors sur un sable jaune-or, allant vers un bleu azur ou mélangé avec... je tiendrais si fortement ses mains que je les casserais presque, pour ne pas qu'elle me fuit, me croit ailleurs avec d'autres, sans elle, pour ne pas qu'elle pense à eux, à lui, à l'autre, aux autres, ni ne me ressemblent pas, qui ont plus de ce que je n'ai pas, de ce que je n'aurai certainement jamais, et auquel je n'ai aucune idée de ce qu'est ce plus... je me battrais du regard face à eux, je les toiserai fortement, je les impressionnerai avec un visage fermé, dur, sans rien laisser apparaître de moi, je me prendrai d'une autorité, d'une force, d'un courage, car je suis, enfin je le ferai croire quelques minutes...

Le temps passant, nous repartirons ailleurs vers mon moi, enfin le sien, mais j'aurai toujours sa main dans la mienne, enfin ce qu'il en reste, ce qu'elle voudrait bien en donner, y faire croire, me faire croire, leur faire croire, car ils ne sont pas dupes, ils ont compris, su par elle que... Quand je reviendrai, je serai fort, vaillant, j'irai faire mes achats seul au supermarché avec mes enfants, ils m'écouteront. Fini, les petits commerçants de village qui me disaient chaque seconde « Vous donnerez le bonjour à votre femme », il en était de même quand nous étions ensemble pour les achats dans ces mêmes endroits, elle repartait en leur disant avec un grand sourire, « Bonne journée, et à bientôt », et eux lui répondaient « Ne vous inquiétez pas, je serai là ».... Moi bêtement je me disais, « Qu'est ce qu'ils sont gentils ces commerçants envers ma famille, cela fait plaisir ». J'avais appris par un voisin, que, parfois ils apportaient les produits par grande courtoisie à la maison, l'amitié entre les peuples, c'est beau. Mais il en est de même pour ces hommes, ces fieffés menteurs, ces irrespectueux du mariage, de leur mariage, de leur femme et de leurs enfants. De ces « mecs » qui ne pensent qu'à détruire la vie des autres… les bons copains, ignobles et malsains, qui vous prennent en traîtrise pendant que vous faites confiance, ceux qui viennent sournoisement, en tapinois, vous endormir comme des serpents, et détruisent votre famille, votre gentillesse, vos espoirs, vos considérations envers tous, votre regard sur l'amitié, vos bonheurs d'être une équipe, des potes, une camaraderie. De ces gars qui vous racontent des histoires drôles, que si vous, vous en dites une, votre femme vous accuse d'être stupide pour être poli, n'en rit pas… mais l'autre, qu'est-ce qu'il est drôle, même s'il est vulgaire. L'humour de certaines femmes n'a pas le même regard que nous, ni les mêmes volontés intimes.

Je pensais en faisant rire la femme, qu'elle me prendrait pour un drôle simplement, que cela lui plaisait, et qu'elle resterait avec cet homme qui la détendait.

Je pensais en faisant du sport, que ma femme serait fière de moi et me garderait.

Je pensais en étant au stade avec les copains à les faire rire tout en faisant du sport, que cela lui ferait plaisir de me savoir détendu, en confiance, et aimant.

Mais je ne savais pas que les autres copains de sport pendant ce temps, iraient à la maison dire des blagues drôles à ma femme dans notre lit, et y faire du sport intime avec elle, pendant que j'étais au stade en toute confiance.

J'aurais dû me souvenir de ce message de ma petite voix me disant régulièrement : « Méfies-toi, il y a beaucoup de copains autour de toi, cela sent le piège à c... » ou aussi du panneau posé dans l'entrée de chez ses parents où est inscrit en large « Les amis sont toujours les bienvenus ici ». Moi quand je reviendrai, j'écrirai sur ma pancarte « Dieu pour tous et chacun chez soi ; bonne chance ailleurs ». Enfin avec l'aide de cette main que je tiendrais si fortement, que même le sang ne passera plus à l'endroit. Ma femme, quand je reviendrai, je me laverai les oreilles pour mieux entendre tous ses mots, même les plus bas ; je ferais tout pour que son et ses parfums ne partent pas plus loin que quelques millimètres de moi, de nous ; je me ferai tour de garde, je me ferai enclos s'il le faut, clôture, barrière électrique, muraille, tout… il n'y aura plus de copains dans la maison ni ailleurs… Je la ferai rire s'il le faut, je la ferai regardante vers moi pour qu'elle soit heureuse de ma présence ; j'essayerai de comprendre ce personnage du temps, je regarderai plus ma vie et la sienne avant que l'on se rencontre, j'essayerai de respirer comme elle, de voir comme elle, de sentir comme elle, de toucher comme elle, et je pense que sérieusement qu'à la fin, je comprendrai qu'il faille que je la quitte, car ma vie va devenir invivable… Si on additionne tout cela, que trouve-t-on ? Notre balade du méditatif sur son chemin de sable marchant avec quelques centaines d'autres penseurs de chemin gris-jaunâtre, et se posant toutes et tous la même question : « - Qu'est-ce-que je fous ici et qu'est-ce-que je fous avec elle ou avec lui ».

-Quand commence le respect, et quand finit-il ?

-Quand commence l'amour, et quand finit-il ?

-Ont-ils commencé un jour ou une nuit, certainement.

-Ont-ils fini un jour ou une nuit, sûrement.

Ce n'est aucunement en inversant les jours et les nuits que cela changera. Chacun sa route, chacun son chemin ; mais ne donnez jamais le bonjour à qui que cela soit, pas même aux voisins... Soyez huître, soyez dents serrées, soyez...

Dans et sur cette magnifique promenade qui fait tant plaisir à certains ou certaines, il faut y être surtout pour les enfants, les petits enfants s'il y en a, ensuite parce que cela aide à mieux respirer, cela tonifie les bronches et les poumons, aide le sang à mieux circuler et vous aide à vieillir mieux et plus longtemps... J'écris pour les couples heureux, il s'en va... Pour les autres, asseyez-vous sur un banc et regardez voler les canards, les mouches, les abeilles, les poules d'eau, les moustiques et autres bestioles parfois cocasses, imprévisibles comme votre moitié, ennuyeuses comme l'autre moitié, têtues et amusantes comme votre moitié, mais oubliés à la fin comme vos moitiés, mais surtout libérés.

Soyez et devenez comme moi, un méditatif, un penseur inutile, un philosophe égaré, cela aide à réfléchir, surtout à ne pas voir passer le temps, les heures, ainsi que les jours...

Je décidais, la solitude venue et m'accompagnant, de m'enfoncer avec bravoure dans ce déchaînement de courage qui maintenant ne me faisait plus peur. Ce courage que, naguère j'avais fui presque comme le haïssant, l'insultant, le médisant fièrement.

Maintenant, je me rattachais à lui comme à un frère de cordée, comme à une main sûre, et nous allions parcourir en enfilade comme deux associés, deux moitiés, ce morceau de ruban jaune-grisâtre qui se fera demain dans un bonheur retrouvé.

Amis du tonneau de Diogène, j'ai pris ma décision, je reste dans vos bras, je jette au loin toutes ces belles qui ne valent pas votre amitié ; je repousse leurs faveurs privées me laissant trop de peine ensuite, et d'une main franche leur dit adieu pour toujours... Mais intérieurement, elles vont franchement me manquer.

Quelquefois dans ma nudité de héros, accoutré dans un costume de solitaire, jouant une pièce dans mon théâtre de fortune, ma paire de main se tend vers le vide de l'endroit, et y implore fortement une attention de ta part, une approbation de ton toi invisible... mais vite fait, je m'aperçois que je deviens ridicule, et que cette allégorie minable, fausse d'authenticité m'enfonce encore plus bas dans ma bassesse. J'ai vraiment raté toute ma vie... Avant me revient et me rappelle aussi que pendant nos aboiements privés, j'avais la prééminence supérieure, la certitude absolue, l'évidence logique, et je te contredisais fort, fier et battant. Ma vanité était conquérante, ma faiblesse vaillante, mon courage intensif... Dans mon actuel, royaume chimérique, je m'aperçois que mon courage est faible, ma vanité basse et ma vaillance annulée. *Être ou ne pas être*, voilà la question. Maintenant, comme un pitre grotesque, comme un funambule sans équilibre, j'agite tristement les fortes volontés de ma vie. Cette fantaisie fanfaronne, cette exhibition vide me montre à tous, ce que je suis devenu... un danseur de l'aumône, un supplément inutile de l'instant vide, un bouffon sans théâtre, une énigme sans réponse. Hier je voyais scintiller un futur grandiose ; aujourd'hui j'envisage d'être un saltimbanque frappant sur le tambour creux de ma déchéance totale.

~~ Chapitre 3 ~~
Couple et parents

Cette adorable promenade heureuse et familiale, fait que l'on va y croiser des personnes que l'on ne reverra plus avant longtemps, ou jamais, et auquel on ne parlera que peu ou jamais.

La promenade, c'est voir du monde, ne plus être seule ou seul, tout en restant seul ou seule et ne pas leur parler ou alors juste un bonjour comme cela, d'une politesse idiote. Il est vrai que pendant ce laps de conversation inutile et de regards de biais, cela aide parfois à s'évader, à voir autre chose, à connaître autre chose, comme la mari ou la femme des autres... cela fait des lieux de rencontres irréels et éphémères, cela fait frétiller les sens et donne des idées...

Que reste-t-il de ces gens qui sont là, entre les mains tenues et les mains libres... rien.

Qu'ils se tiennent ou qu'ils se libèrent, tous sont là et s'ennuient. En gros, chacun cherche son chat ou son chien dans cette meute de loups et de louves se promenant sur cette piste jaune-grisâtre. Ces quelques mots avec d'autres ne sont pas obligatoirement des volontés malsaines, il en est loin ; ils sont simplement et tout simplement cordialité, respect humaniste envers ceux qui sont croisés, ils sont souvent inutiles, mais l'habitude, la masse et les autres le font, alors pourquoi pas eux ou vous. Bon, il est vrai que de croiser un petit chien donne envie de le caresser, et ainsi commence la parlote, puis l'entente, et enfin l'amitié. Cette amitié n'est pas une obligation et encore moins un ordre. Il est donc des gens qui se disent bonjour ca va, et pas plus ; qui ne lorgnent pas sur elle ou sur lui ; qui ne pensent pas, ne veulent pas, n'imaginent même pas. La petite promenade de nos deux valeureux oiseaux suit tout simplement la logique, se détendre, voir autre chose que le trajet de la semaine, respirer, et discuter de tout. Lentement après, ils rentrent au domicile et préparent le lendemain de travail.

Quand ils sont accompagnés des parents de chaque famille ce charmant samedi ou dimanche, là, la chanson n'est plus la même. Chacun des vieilles couples a ses habitudes, ces heures de combat, ses coups dans la gueule, ses adversités accumulées, ses petites gentillesses méchantes, ses rabrouages hargneux, ses petites réflexions mordantes, ce qui étonne l'un et choque l'autre.

C'est vrai que de passer en quelques instants de l'été avec un ciel bleu, et de se retrouver en automne avec un ciel noir, cela peut refroidir les jeunes oiseaux sortis du nid... Ils ne s'y attendaient pas du tout. Eux avaient gentiment par courtoisie invité de vieux oiseaux pour qu'ils prennent l'air, mais pas un couple de rapace haineux... pas des perroquets malpolis, pas des chiens aboyeurs, pas des coqs de combat. Là gentiment, la promenade tourne à la mayonnaise liquide. Eh oui, il est bien d'inviter les anciens, mais il faut formellement les avertir longtemps avant de laisser à la maison, leurs valises de combattants, de haineux, de colériques. Que c'est par gentillesse et respect pour eux qu'ils sont invités, pas pour qu'ils en profitent en prenant un grand bol d'air revivifiant, qu'ils se balancent des vents mauvais de toutes parts. Bon, c'est vrai que de l'autre côté de l'autre famille, ce n'est pas mieux, les discussions inutiles, les éternelles même paroles ; le travail et la santé, les voisins et voisines, les vacances au même endroit, la télévision, rien de très enrichissant.

En quelques minutes, la promenade commence à être longue, très longue, un peut trop longue... Si c'est de même chaque fin de semaine, nos jeunes oisillons vont chercher une fuite ailleurs, une excuse, un fuyant récurrent. Alors, ils iront chez les « amis » en toute tranquillité… mais vite fait, ils vont y trouver ce qu'ils n'attendaient pas, un couple séparé, pas en règle, divisé, obligé, se faisant de petites remarques aigües, tranchantes, aigries, malsaines… de petites remontées de bretelles, se lançant des mots inconnus en semaine, des gentillesses sournoises… lentement, notre petit couple connaît leurs futurs jours et semaines arrivantes. Qui choisir ?

Personne…

Car eux vont copier lentement sur tous et se libérer, sortir les crocs, aiguiser les couteaux, sortir les fourchettes, enrichir les dialogues avec des mots nouveaux, pas très polis, quelque peu acérés, piquants, aigres, acides, secs, froids, étonnants. Une valse des mots va surgir telle une pelleteuse et sans rien comprendre balayer eux, et devenir les autres, tous les autres, et se faire des lendemains chantants aux sons des canons.

La famille et les amis ou amies seront les complices de ce jeu cruel, de ce jeu de quilles, de ce jeu de pétanque où tout se gagne au millimètre, de ce jeu d'équipe où ceux qui s'entendent sont des deux côtés… Petit couple, tu deviens gentiment les autres. Les ongles après quelques réflexions intimes deviennent des griffes ; les dents, des crocs ; les regards, des missiles ; les silences, des insultes ; les gentillesses, des faussetés ; les aides, des trahisons. Petit couple, ton bateau de l'avenir prend la flotte et va finir par sombrer, il va te falloir pagayer en un duo solide, sinon c'est l'échouage définitif dans quelque temps… Immondement tu deviens les autres, ceux que tu fuyais récemment, tes parents, les marcheurs de ce chemin hier blanc pur ou jaune or, et aujourd'hui gris noir et jaune sale. Tu voulais connaître, tu connais et tu connaîtras, mais pas encore tout… le pire peut et va arriver, avec ses trahisons, ses mensonges, ses lâchetés, ses ignominies, ses coups bas, et toi ou elle, vous allez subir ce qu'ont subit les autres depuis longtemps, l'incompréhensible l'illogique, l'hypocrisie, l'humiliation, l'hécatombe, l'hallucination, l'impensable.

Entre les parents qui en remettent une couche, les soi-disant amies ou amis qui par plaisir se vengent sur vous, ou s'amusent sur vous ou de vous parce que eux ou elles n'ont pas eu ou pas pu… et les autres fourvoyeurs de paroles fausses, la route va devenir chaotique, désordonnée, sans logique, destructrice.

Quand ils sont jeunes et fringants, tout peut finir souvent sur un « au revoir et sans plus » ; mais pour les « vieux et vieilles », le discours est différent...

Vouloir et pouvoir... vaste territoire des êtres humains.

Cet ornement ancestral de calcaire blanc aurait bien des récits à narrer, mais ostensiblement il garde le silence, garde ses petits secrets, aurait-il peur ? Il faut dire que depuis le temps qu'il se fait marcher dessus ; en premier, ou bien il est masochiste, ou en deux, il est blindé, ou en dernier tout simplement, gens-foutiste...

Je le dirai plus respectueux des mots, plus attentionné aux gestes, professionnel, attentif aux mouvements, pleinement arrangeant, complaisant aux attitudes malveillantes, bien élevé surtout, compréhensif, bonne pâte, soucieux du bien-être de chacun, ou plutôt, qu'il ne veut tout simplement pas faire d'histoire.

Voyant et ressentant déjà tout ce qu'il côtoie depuis des dizaines d'années, et des centaines de milliers de gens qui par vagues lui ont gentiment marché dessus, et lui comme n'ayant qu'une utilité de base, a enduré pas mal de mots, de caractères, et d'irrespects. Mais pour nos jeunes vieillissants, la peur de l'un et la non-volonté de l'autre font tous deux associées, savent très bien que le silence est d'or, et la fuite est de plomb. Cette très longue histoire ancestrale est connue par vos parents et grands-parents depuis longtemps. Ils ont bouffé dans leurs coins la même viande immâchable, celle que l'on avale directement pour ne pas se casser les dents, vite oublier cet instant d'obligation, ce repas infâme, ce repas où ce plat est servi irrespectueusement, les plats sont divinement sans goût, sans saveur, sans plaisir, plus remplissant que nourrissant…

Ils ont fermé les yeux pour ne pas voir, apercevoir, imaginer, penser. Ils et elles ont fait avec ; ont passé l'éponge, ont acceptés les coups de canif devenus des coups de couteau dans le contrat du mariage ; ont fait les aveugles, les sourds, les bienheureux, les acceptants ; Beaucoup d'eux se sont assis sur leur amour propre ; ont accepté par plus envie de, par abandon du et des combats quotidiens, face à l'acharnement régulier de l'autre, ont accepté face au mépris reçu en échange. À force d'être toujours repoussée, écrasée, abaissée, se fait une aboulie de la volonté. Nous nous heurtions parfois sans vraiment de raison, si... pour le bonheur de pousser l'autre vers.

Qu'est-ce que j'étais en ces instants, Maître Aliboron ; ridicule, stupide, ignorant, avec mes algarades brusques jetées sans respect, sans reconnaissance d'elle et d'avant, si heureux. Notre couple était agoni ; accablé de bêtises, d'inepties, de toutes petitesses, de ridicules, sans réflexions voulues, et surtout repoussées par nos caractères emportés dans la et les violences des possibilités de la petitesse mentale. Nous devenions altiers, avec une fierté hautaine, désertique, improductive, gamine, enfantine, mais pas adultes. Alors, comme depuis des semaines et des années, il va falloir rentrer dans cette belle maison, mais tout est déjà prévu depuis belle lurette, il y a les petits à s'occuper, le repas à dresser, la télé à allumer, et puis il faut ranger ce que l'on a laissé trainer volontairement... Ainsi, le temps passe vite, et c'est déjà l'heure du dodo où chacun de son côté après un baiser d'adieu rapide et quotidien, le même depuis longtemps, s'endort joyeusement en pensant à cette belle journée, qui n'était que la suite des autres... La nuit, il y a la balade des tristes, mais en rêve. Le soir, voyageurs et non pressés de rentrer ; nous laissions promener nos regards satisfaits dans d'agréables rêveries, nos paroles y accompagnaient de doux désirs. Nous aimions en ces temps aussi bien le coucher du soleil, la nuit si créatrice et les levers de l'aurore emperlée de rosée et de douceur câline. Futur tu aurais dû venir en ce présent si tendresse, car l'étoile lumineuse de ton toi, a maintenant éteint notre amour brillant du passé. Passé, présent et futur, je vous maudis. O' toi piste jaune-grisâtre, ne pouvant à l'encontre de tout ton rapprochement, rester à vif dans la soudaine et forte hantise de notre amitié qui sera notre existence, puis-je arpenter sereinement et harmonieusement l'étendue de tes promenades comme on berce un enfant dans son landau, pour qu'il s'y retrouve au calme, et moi tant de paix dans cette nuit qui m'est donnée, mais qui n'est aucunement gratuite, et que je paie au prix fort. C'est vrai que la nuit on pense que le royaume qui vous appartient est vraiment un havre de paix de solitude et de repos…

Mais il est surtout un endroit où la réflexion fait son entrée, où les bonnes et mauvaises pensées sortent, explosent, dans un silence glacial, écrasant, broyant. Pourquoi cette nuit vient-elle après le jour comme une insulte ? La balade du méditatif de nuit est comme celle d'un gardien dans son musée, seul, surveillant des fantômes, ayant l'impression d'être, mais se sachant prisonnier, encerclé, obligé d'être là parce que... Il tourne en rond dans ce lieu comme un prisonnier libre de ne pouvoir rien faire, il hurle dans un silence obligatoire, regarde sans voir, pense sans idées, et voit les jours passer sans les contempler, car il lui faut se reposer de ces nuits de surveillance qui font sa vie. Que l'on soit gardien de nuit ou vous de jour, la nuit n'est pas aussi belle qu'il est dit par les autres ; encore moins par celles et ceux qui vous accompagnent si mal le jour, dorment la nuit même au son du canon, de ceux qui se foutent royalement de votre vie et de vos états d'âme, de vos hurlements, de vos demandes de respect, de vos implorations du jour.

Moi, je regarde tout cela et je n'en rigole pas. Je suis seul, ma famille est ailleurs dans une autre ville... Que s'est-il passé... tout simplement que j'ai suivi la bande de sable un peu plus loin, un peu plus longtemps, et là vers le bout il y en avait une autre que j'ai suivie aussi, et de bout en bout, je suis arrivé sur celle-là. Bof, celle-là ou les autres, elles se valent toutes, et dessus marchent les mêmes chaussures avec gens différents, mais avec le même mentale et les mêmes volontés, et problèmes. Un bout de chemin ressemble à un autre, et les personnes sont les mêmes.

Je pensais en changeant de sable, changer de personnes, de caractère, d'habitudes, de mentalité, de tout, hélas non, tout est pareil à l'identique, au millimètre près, aux gestes près, au même son et à la même façon de parler, aux mêmes gentillesses familiales…

Ma balade du triste continue et je retrouve le quotidien, cela ressemble fortement au boulot. Déplorable agonie de ma vie de liberté que de finir en ayant pensé changer en mieux, et devenir ainsi dans le futur joyeux ou heureux. Dans sa fierté d'être libre artificiellement, on jette toujours misérablement et abjectement la pierre vers ou envers l'autre, les autres. En baladin méditatif, regardant autour de moi, je reconnais, j'accepte, je conçois fortement que tout puisse se faire, arriver. Je détruis peu à peu alors mon narcissisme, je stoppe ma naïveté, j'abaisse mon individualisme, et comprends. Je me servais vilainement de ma vanité, tendancieusement de mon orgueil pour avancer, repousser, écarter, me faire. Viens, je n'ai plus peur de toi, je te subirais courageux et confiant. Quant à toi ma moitié, je te remercie de tout, car avec toi j'ai connu l'absolu ; mais loin de moi physiquement, mais si proche par mon cœur, je t'embrasse puissamment à te mordre. Cela ne se fera pas, ni pour moi ni pour les autres, car certainement d'autres ont aussi franchi le pas, passé la frontière comme moi, ont cru, ont espéré que loin d'eux, qu'au bout il y avait un soleil, des nuages blancs, le bonheur, la délivrance, l'eldorado de l'amour et de la complicité, du enfin, du toujours, le retour tant attendu d'une franche respiration, d'un regard vers le beau, l'inaccessible, l'impossible, le miraculeux, du léger vent qui sous passe sur le visage et vous rend doux et paisible... mais cela n'est hélas que du cinéma, des contes pour enfants, de vieilles fables, de vieux mythes venant du passé ancestral, et tous comme moi y ont retrouvé le cauchemar de cette réalité si difficile à accepter.

Souvenirs du temps passé qui me reviennent subitement, instantanément, et disparaissent aussi rapidement et me rappellent la grâce des choses fanées comme ces fleurs tristes, vu la poussière posée dessus, et d'un intérêt sans valeur familiale, ni affective maintenant. Ils s'en rendent vite compte, cela ne se fera pas, ni pour eux, et encore moins pour moi. Eux et moi avons tous rêvé de ne plus être triste, de ne plus marcher sur ce sable dont la couleur « jaune grisâtre », fait penser qu'il est sale et jamais lavé. Il est de la même couleur que nos volontés, que notre mental, que notre vie de famille : le jaune pour un bout de soleil, et le gris pour les nuages avertissant qu'une merde va arriver. C'est cela un couple, quand tout va bien, c'est jaune, et quand les contraintes surviennent, cela passe au gris, mais un gris virant sans avertir au noir clair et parfois plus tard au noir foncé, ou intentionnellement une légère pluie battante et fouettante se fait annoncer, et vous tombe dessus se transformant en bourrasques sans vous avertir, vous vous retrouvez alors trempé, dégoulinant, hagard, terrorisé, perdu, esseulé, détruit, tremblant, questionnant.

Ces chemins sont précurseurs sur votre futur, comme sur votre passé, il faut simplement choisir la couleur au goût de jour. Il est vrai que le jaune soleil ne se marie pas trop avec l'orage et le désespoir ; quant au gris il est plus tristesse que bonheur et joie. Mais cette belle vie de famille, n'a pas de météo, ni de baromètre interne… si ; il y a des moments avant-coureurs, annonciateurs, qui prédisent, qui préviennent, qui augurent, des petits crachins momentanés, de petites ondées locales et partielles, un léger temps gris qui s'installe, un vent glacial, irrespectueux venant de quelque part, mais d'où…

Je me souviens d'avant : Au sommeil du soir venu, de ma main tendresse, lentement je fermais ses paupières me faisant confiance ; et au matin naissant et levant, du souffle câlin et léger venant de mes lèvres et allant sur ses paupières, je réveillais délicatement et amoureusement ce royaume y faisant apparaître son vert regard de jade à la pudeur sauvage. Pernicieusement, un son différent, des silences lourds, des phrases coupées, brèves, froides, cinglantes, piquantes, des regards directs, accusatifs, toisants, méprisants surviennent, mais sont-ils pour vous ou pour se protéger de mieux vous abaisser, car ainsi il n'y aura pas de réponse... Une bataille préparée secrète, de loin, avec un ennemi fort, rusé, calculateur qui peu à peu place ses soldats, ses tours, ses armes, ne vous laissant pas une minute de répit, de respiration, de sommeil, et va au moment voulu, comme le serpent sachant où frapper, vous donner l'estocade.

Pour en revenir sérieusement à mon sable, il est maintenant souvent jaune, avec quand même sa petite teinte de blanc crème tirant sur le gris propre, il ne faut pas manger trop rapidement son pain blanc. Le mélange avec du gris vous permet de vous préparer aux mauvais jours que vous allez bouffer obligatoirement. N'oubliez pas qu'au bout de ce chemin, il y a un endroit tout calme et reposant appelé cimetière... Où tous et toutes trouvent leur dernière maison et un bout de jardin, dont si même l'achat au début donne à réfléchir, cela apporte un lot de consolation, car l'endroit est calme, il n'y a pas de pollution, la nature est là pour longtemps, la nuit vous n'êtes pas réveillé par les voisins, seul le matin il y a les oiseaux, mais bon... Il y est interdit de fumer, de faire des grillades, il faut éviter de ronfler... Pour les tracas de santé, il y a des médecins pas loin, et puis n'oubliez pas que le contrat est pour dix ans, cela vous laisse grandement de mettre de l'argent de côté et de prévoir pour l'après. Il est très rare d'y voir des expulsions, car là aussi ils respectent la trêve hivernale, et parfois le propriétaire n'est pas loin.

Ma balade du méditatif, pour l'instant j'en profite et encore qu'est-ce que j'en vois... quelques petits bouts de petits morceaux saccadés que je ne comprends pas toujours. Je respire, je regarde et j'entends maintenant et lentement les jours qui viennent ; mon odorat revient, renaît et réalise... Il m'apporte les effluves calmants et douceâtres des jacinthes et autres fleurs odorantes d'hier oubliées ; mon regard lui aussi se rafraîchit aux couleurs multiples depuis longtemps perdues ; mes oreilles entendent à nouveau les sons qui lui viennent de partout, parfois effrayants pour l'inattendu que je ne savais plus, instants me faisant redevenir humain, libéré et à nouveau conquérant.

Mais c'est quoi que je ne comprends pas, c'est quoi que je n'ai pas compris, moi ou les autres ? Logiquement et normalement, je devrais me promener comme tout olibrius qui se respecte sans regarder les autres. Mais qui est donc ce gars qui en plus de mater les personnes, les observe, pense, suppute, les décrit, en parle...

Moi, simple humain, je vis actuellement comme Diogène dans son tonneau, eh oui, j'ai tout quitté pour un tonneau, un simple abri de bois, un refuge, un igloo tout chaud, une tanière, accompagné de ce bout de chemin gris jaunâtre.

J'ai voulu être seul, tout quitter pour prendre la route, tracer, bouffer du bitume, du sable, du calcaire ; sans famille, sans frontière, sans barrière, j'aime me promener seul tard, jusqu'à m'anuiter, être surpris par la nuit là s'en m'en être aperçu, vivre sans anicroches, sans animosités, j'espère que cela va m'amender, m'améliorer, me rendre et me mener vers l'aménité ; Je suis devenu en te connaissant mon tonneau, un anachorète…

Je pense là flânant et libertaire ; mais je m'aperçois tragiquement, que les pensées comme les volontés sont un principe abscon, bien caché et si mystérieux. Aucune limite ne me retiendra dans le futur, futur sans obligation, sans compte à ne rendre à personne, sauvage comme un félin indomptable, héroïque comme un chevalier en quête d'honneur. De tout cela je le suis actuellement et en plus, je suis devenu tonnelier de bas chemin comme un voyou, un rebelle, un exclu, un sacripant, un chenapan, un dépouillé, un arsouille…

Maintenant que je suis seul sur mon bout de ruban sableux et de couleur indescriptible et fière comme un petit prince, je regarde parfois la vie des autres, qu'elle est-elle ? Elle est comme la mienne, comme la nôtre…

La vie comme la respiration font toutes deux parties de l'humain, l'une bat sans notre volonté, c'est la respiration ; l'autre survint sans notre volonté, c'est la vie. L'une arrête l'autre ; l'une donne la possibilité à l'autre, l'une impose à l'autre, l'une subit l'autre, l'une ne pense pas à l'autre. Vie et respiration ne sont pas ensemble, mais sont complémentaires dans un corps acceptant leurs associations jusqu'à une certaine limite... Quand la respiration s'arrête, la volonté doit suivre, mais l'inverse n'entraine pas le même final : Il est possible de respirer sans volontés mentales. Là apparaît le triste, l'absurde, l'illogique, le grotesque de l'événement, l'irréalisme, l'impossible. Cette promiscuité totalement désagréable et abjecte du non-respect de ce qu'il faut ou faille subir pour aller plus loin, vers demain sans valeur, sans odeur, sans beauté. Vivre jusqu'à quel âge, devenir, hélas, vieux ou vieille en devant... Devant quoi, devant subir, s'accoutumer, s'obliger, se forcer, baisser les bras, les volontés, les envies, les bonheurs de... Vivre pourrait-on dire est beau, mais pour qui ? Pour ceux et celles qui s'en tapent le coccyx dans la joie et la bonne humeur, pour une minorité irrespectueuse de l'autre ou des autres ; donc forcement de vous... Papa et maman sont passés par ce petit chemin de la vie, ils ont gentiment touché chacun aux fruits défendus, avant, pendant et après, mais après quoi ? L'union qui les a portés devant monsieur le maire n'était qu'une union bidon, parfois volontaire et enrichissante dans et face à une union obligatoire familiale, car il ne faut surtout pas la casser. Le mariage est une institution respectueuse avec les portes fermées aux fuyants ou aux volontaires. Les phrases connues sont « il est cornu le chef de gare, tout comme le boulanger », mais la boulangère a aussi son côté larmoyant, chialant, lamentant, car le boulanger faisait sa tournée du matin dans les villages avec arrêt pipi chez certaines femmes seules, et le chef de gare, ses arrêts entre deux trains pour vérifier les wagons.

Pendant la belle promenade du dimanche en famille sous un soleil radieux, dans une cordialité harmonieuse, tous sont en admiration devant vous, mais dans leur for intérieur ne le pensent pas une seconde ; ils vous font croire, vous bercent d'éloges, de continuations longues et fructueuses, de baratin, vous prennent pour des buses, des crétins, car ils connaissent sur le bout des doigts, les merdes et obstacles que vous aller subir, et qui rien qu'en vous regardant pendant quelques secondes savent déjà que votre barque prend l'eau de partout… comme la leur au même âge, ou à la même période de relation entre eux… Ils ont du kilométrage aux compteurs du couple, on ne la leur fait pas à ces petits canaris séparés depuis des siècles dans une fausse cage rouillée de partout. Ils vous mènent dans leur bateau qui a chaviré depuis des années. Ils savent tout ce qu'il ne faut pas faire, des impossibilités ainsi que les possibilités possibles peut-on dire ou exprimer, mais ne vous en diront rien... Secret familial, avec ouverture des archives dans plusieurs millions d'années. Si, ils peuvent vous le dire, mais très bas, en murmurant d'un son inaudible, ou alors en silence, sous le manteau, à la revente en discret, dans un petit coin, mais à vos risques et périls, car en cas de chute, pas d'aide, ce sera « mission impossible » pour vous... vous serez seule ou seul, eux feront l'indifférent ; le... « *je ne savais pas, je ne le pensais pas, le... enfin cela ne se conçoit pas jeune homme ou jeune fille... pas dans notre famille, nous sommes respectables, enfin nous le faisons croire* ». Ainsi pendant la belle promenade du samedi ou du dimanche, les silences du et des camps adverses sont de sorties avec eux, et les silences au rendez-vous des copains et copines. Chacune et chacun font de grands sourires, font des risettes, mais obstruent d'un caractère fort, les petites histoires anciennes disent-ils qui se sont produites, vous rabâchent qu'il faut oublier, ne plus penser, ne pas ressasser, que cela ne sert à rien, qu'il faut avancer vers, mais aucun des deux n'oublie et est même prêt au premier souffle de vent, à remettre le couvert de la haine, des réflexions, et des engueulades haineuses et irrespectueuses… Il faut faire propre, et bonne famille. Ils se veulent heureux, enchantés, satisfaits, veinards, contents, mais de quoi ???

Certainement d'avoir enfoui sous quelques mètres de terre, le passé, de l'un et de l'autre, dans un avenir chimérique, sans valeur, et camarade… enfin camarade de loin, il faudrait mieux parler d'association, de relâche, de préparateurs et préparatrice du futur, de réflexion de l'avenir, seule ou seul vers demain… les vieux jours. Et puis lui ou un autre, ce sera la même merde, alors lui il est connu pour fermer sa bouche, quant à elle, ne voulant pas finir ses jours, seule, elle va la fermer aussi… Immense jeu de dupes, mais tout va bien dans le meilleur des mondes, vous jurent-ils la main sur le cœur.

Assis parfois sous un arbre, je retrouve serein et en paix, l'ombre de cet arbre, ainsi que mon ombre triste, toutes deux se mélangeant dans une amitié non durable, mais si agréable à respirer pendant quelques temps. Pendant le bercement de nos promenades assoupissantes, tous deux lancés dans nos rêves privés nous suggérant mille possibilités et fausses merveilles, le silencieux de nos tous deux séparés, nous écarte de la vérité en faveur d'une chimère. Ouvrant les yeux à la réalité, nous retrouvons eux et nous face à l'exactitude d'un après-midi ordinaire pour tous et toutes, séparés ou ensemble. Le tour et l'autour, eux, seront toujours présents ; cela veut dire, à subir, hélas, avec les autres quels qu'ils soient.

Il faut savoir apprécier les bonnes choses et les bons moments égoïstement sans se demander pourquoi.

Toujours dessous, mon arbre, qui vois-je ? des parents qui se débattaient pour réussir la mienne et celle de ma sœur, et couler probablement la leur ; je me souviens avec ma sœur et mes parents, nous nous promenions parfois en ville, parfois à la campagne ; nous courrions insouciants, sans savoir, sans vraiment regarder nos parents. Eux ne courraient pas ou plus, si, derrière leur couple, derrière eux, pour se raccrocher, ne pas se détruire... ne pas se séparer, pour faire croire, donner l'impression que. Parlaient-ils de la pluie, du beau temps, de nous, d'eux, de leur futur, de nos futurs, des dégâts occasionnés par leur séparation si celle-ci se faisait, du traumatisme envers nous, des frais venant de l'importance d'avoir eu une relation sans lendemain avec... Étaient simplement amoureux, possessifs, jaloux ? Ils vivaient avec leur époque, leur siècle, leurs contraintes imposées par des gouvernements plus mauvais que bons, plus manipulateurs que respectueux. Eux aussi avaient été, mais n'y étaient plus... mais plus quoi ? Canaris, tourtereaux, pigeons palombes, bonnes pommes, esclaves, heureux, déçus ; en étaient-ils revenus de la communauté et de ses pièges à cons, du mariage et de ses institutions... D'être tous deux chefs de famille, obligés de... Le semblant devait paraître long chaque seconde... Eux aussi voulaient très certainement aller dégueuler au loin seule et seul toute cette merde engluante, ces obligations, cette boue sale au maximum, ces prisons, les deux familles ; pouvoir courir seule ou seul n'importe où, n'importe quand, même sous une pluie battante, même par un très grand froid, mais oublier, ne plus penser, respirer, voir, entendre, être... Hélas pour eux cela devait des instants pathétiques, car ils sont restés ; ils sont lentement venus vers nous avec ce sourire de clown triste, mais nous faisant croire que tout allait bien... Le temps, sale temps pour eux a continué, eux aussi ont continué, tout a repris son cours ordinaire, lassant et destructif de leurs volontés d'humains, vieillissant lamentablement seconde après seconde, parce que... Aujourd'hui c'est moi qui suis père, mais je n'ai pas eu leur courage, leur caractère ; moi, j'ai fui comme un lâche si vous le voulez, j'accepte les insultes et les remontrances diverses, les doigts tendus face à moi me montrant, et autres vérités me jugeant, me critiquant et me jetant la pierre. Mais devais-je rester dans une hypocrisie plus destructrice, plus lâche, plus veule, plus sournoise, accompagnant gentiment mes enfants à l'école ou pendant une promenade de fin de semaine, ne les tenant que par une main ou des doigts les fuyant, ne les serrant plus, voulant les lâcher, les repousser, une main sans amour, irrespectueuse, froide, malsaine, traître pour leur futur d'enfants, pour leur imagination de demain. Un enfant sait et ressent quand quelque chose ne va pas, il n'est pas plus idiot que cela, nous avons tous été enfants... Et s'ils m'avaient posé la question, qu'aurais-je du leur répondre ; un mensonge entouré d'un semblant, d'une traîtrise, d'une lâcheté, d'une immondice. Puisqu'il faut respecter les autres, cela commence grandement par ses enfants. Mon respect envers eux m'a dit de fuir, et c'est ce que j'ai fait sans le regretter pour leur avenir.

Mon avenir me dira un jour ce que je dois et devrais faire, et j'écouterai sa voix, pour l'instant, elle ne me dit rien, alors je marche sans savoir où et pourquoi. Marchant actuellement solitaire sur ma piste grise, je me répète comme un perroquet « Il est beau coco maintenant ». Ce même perroquet pendant ma vie familiale me claironnait journellement *« il est triste coco »* ; Celui de ma femme hurlait *« Tais-toi coco »*, et ceux de mes parents « *Fais avec coco* » ; quant à mon chemin de solitaire, lui me susurre de plus en plus souvent *« Arrêtes coco, et rentres chez-toi »*. J'ai toujours su que je n'avais pas eu à ma naissance, le bon prénom.

Les souvenirs regorgent d'images ; il y avait aussi cette école qui vous aime, mais que vous ne pouvez pas pifer ; une femme que vous rencontrez qui a tout, tout en ayant rien ; et puis des enfants qui naissent petits et chiants et grandissent pareillement... En voilà une belle vie de famille qui se promène le dimanche sous le soleil de France avec un ciel bleu, un sable jaune pour le moment, un père, cela veut dire moi, qui fait la tronche et une mère qui surveille toujours sur les enfants pour nous fuir, nous éviter, nous repousser, nous faire semblant que...

~~ Chapitre 4 ~~
Famille

La famille ; vaste territoire pourrait-on dire, car l'assemblage de tous et toutes, finit par faire une masse importante, mais pas pour cela compacte, ni très unie mentalement et physiquement.

De tous ces gens, qui à des âges différents, doivent accepter ou se soumettre non pas à la dure loi de l'obligation, mais surtout à la volonté, quelquefois saugrenue, parfois grotesque ou farfelue, mais souvent logique de deux êtres épris d'un amour rare, que d'autres n'ont jamais connu et ne connaîtront jamais.

Devant les larmes, les prières, les implorations des deux canaris à genoux devant eux, ils finissent par s'apitoyer, se laisser attendrir, s'en émouvoir sachant bien à l'avance le résultat changeant dans quelques mois et les mêmes larmes ressurgir en implorant une séparation rapide du couple.

Alors en tant que bonnes gens, ils acceptent l'union avec un sourire aux lèvres mais accompagné d'un regard méfiant... Les deux familles de toutes parts, vont devoir s'additionner pendant toute la préparation du mariage et après... Marcher sur ces pistes de calcaire ancestrales, s'accepter, se composer, s'obliger ou faire avec. Déjà que dans une famille,c'est du pêle-mêle, dans deux, le méli-mélo devient complexe. Les anciens ont bouffé la même viande et connaissent la musique, les jeunes canaris innocents ou le faisant croire, sifflent et chantent des hymnes à l'amour toujours. Il va leur falloir après le oui nuptial, aller vadrouiller chez tous ces nouveaux êtres familiaux, leur sortir du prêchi-prêcha, s'en contenter pour quelques heures, parfois y revenir heureux, mais pour d'autres, cela devient une corvée... un chemin de croix, une obligation... Et la promenade de fin de semaine devient rébarbative. Ces deux mêmes familles âgées ont des discordes entre eux, des histoires différentes du passé, des visions différentes, des personnages différents et les deux canaris en sont conscients, car avec l'habitude, le caractère revient au galop et le filet de protection est retiré.

Nous pensons tous et cela est faux, que les vieux sont tombés dans le calme silencieux, ont trouvé la sagesse de l'âge, le respect de et la connaissance divine.Nous pensons tous en les voyant à chaque coin de rue, devoir leur apporter le respect et d'en recevoir en échange, mais c'est se fourrer le doigt dans l'œil et ailleurs, si le physique change, le caractère lui ne change jamais ou très rarement.

Souvenez-vous du film « le chat » - Gabin et Signoret- ces deux vieux, incapables de montrer le moindre respect envers l'autre. L'une se souvenant de sa jeunesse détruite par un accident de cirque et l'autre s'enfermant dans ses archives de journaux, accompagné d'un chat. Ils sont seuls et devraient s'aider, se souder, se tenir la main. mais, non, la rancune face à la vie, face à l'autre, face à la société qu'ils subissent seconde après seconde. Ils ferment les yeux sur l'avenir, face à l'autre, ne voulant pas, ne voulant plus...

Qui sont nos vieux, nos anciens, nos aînés... eux physiquement différents, mais mentalement pareils, semblables, similaires, équipollents. Ils et elles ont bouffé pendant des heures les dures secondes de la traîtrise, de l'humiliation pour l'un et pour l'autre, la gloire d'avoir fait mal, d'avoir abaissé, écrasé l'autre.

Y a-t-il une gloire à détruire une vie, un passé, un futur ? Non ! mais c'est ainsi.

La vieillesse ne redresse pas la barre tordue, ne regonfle pas le pneu crevé, ni ne rattrape le temps perdu. Chaque caractère continue son chemin comme à l'habitude, car en y pensant bien, qu'est-ce qui a changé ce matin en se levant, d'hier soir au coucher… Rien, alors ! l'habitude… l'habitude, cette vieille connaissance mentale que nous avons tous dans notre baluchon de voyageur planétaire, elle ne bouge pas, ne vieillit pas, si parfois avec la maladie mentale… Nos vieux et vieilles ne changent pas… Il est dit que le temps fait s'assagir, se calmer, apporte la sagesse, la quiétude, la sérénité, le recueillement… Une habitude est une habitude… le chat qui griffe, même âgé griffera. Ne vous faites aucunement attendrir par leur calme, leur gentillesse, leur voix fluctuante et leurs tremblements… s'ils peuvent, ils feront, l'âge n'arrête pas…

J'ai croisé sur ma route de méditatif, des femmes très âgées avec un huit devant l'âge, capables de traîtrise et de haines incroyables… mais j'ai croisé des hommes qui n'étaient pas mieux. Seule la mort les stoppe, je plains le vieux barbu d'en haut qui récupère tous ces gens… Pauvre vieux bonhomme… La vieillesse emmène avec elle le caractère, les souvenirs et les futurs petits plaisirs qui pourront encore se faire, si l'autre en a la force… si ce n'est pas elle ou lui, ce sera une autre ou un autre... ils ne sont pas regardants de ce côté-là... du moment que... vois le regard et pense le mental.

Ce qui est bien de regarder, ce sont les promenades quand les deux familles sont réunies, alors là, c'est le festival de Cannes, avec ses palmes au bout. Ces petits clans, ces murmures, ces intrigues, ces regards de biais, ces refus, ces repoussades, ces exclusions. ces attachements traîtres, ces faux-semblants, ces petites gentillesses malsaines, pleines de traîtrises, de faussetés. Les belles-mères qui se serpentent, qui sortent les crochets et les dents, qui critiquent tout et rien . les beaux pères dans leurs coins qui se méfient, essayent d'entendre, envoyant des espions pour savoir ce qui se trame contre eux, à quoi ils doivent s'attendre, ce qu'ils devront dire ou se taire. Eux parlent voiture, sport, travail ; elles parlent d'eux, d'elles, de tout ce qu'elles ne font pas parce qu'il y a lui, le boulet, le poids mort, le gênant, l'inutile, l'empêcheur et toutes autres gentillesses pour sa tronche de mari. Même le plus aimant des maris quand elles sont entre elles, devient à ce moment-là, la bête noire du couple, avec ses blagues idiotes et vulgaires, ses récits connus depuis des années, ses discussions inutiles, il radote, il fait du bruit, il gêne tout ce qu'elle veut faire de bien, est toujours dans ses pattes, l'oblige, la force, l'énerve, elle s'oblige alors, elle attend, souhaite que... Et quand l'un d'eux se rapproche pour en savoir plus, ce n'est qu'un rire stupide, un rapide changement de conversations, repoussades, moqueries et tout le reste... Nos deux amoureux essayent de s'éloigner, mais ils sont vite rattrapés par les sorcières qui accaparent la petite fille et lui se retrouve avec le clan des refoulés, des exclus, des « dégagez messieurs ».

Mais parfois, il y a des prises de bec entre belles-mères, là il ne faut pas se mettre au milieu, les hommes vont au café du coin, à la pêche aux mouches, parlent de pétanque, de foot, ou font un détour par ailleurs, réparent une voiture imaginaire ; font du vélo, le tour de France en imaginaire ; parlent de chasse, de pêche, de tout ce que madame n'aime pas... Le jeune couple est alors coincé entre deux feux, vers qui aller ? Car eux connaissent entièrement leurs parents et surtout ne se placent plus entre eux, ils savent le résultat depuis bien longtemps. Les parents qui vous accompagnent avec dans leurs bagages, leurs problèmes de couple, une entente venimeuse, une femme qui n'aime pas sa belle-mère, une belle-mère qui sans arrêt donne des ordres aux enfants « *fais pas ci et fais pas ça, ne va pas trop loin* », un père qui traine la chaussure, commençant gentiment à faire le sourd pour être tranquille, qui heureux de trouver un autre chemin gris jaunâtre en profite pour vadrouiller dans son coin, oublié de sa tendre vipère ou serpent cracheur, qui lui crache dessus depuis 40 ans, il respire un peu mieux, il a même parfois le sourire appelé gentiment et héroïquement par l'auteur Georges Simenon, « le sourire du clown », car maintenant tous autour regroupés en une belle famille, peuvent s'apercevoir du caractère du serpent, il n'est plus seul à s'en plaindre, et à se faire traiter de menteur ou de vieux ronchon... Il peut lentement et calmement regarder autour de lui sans se prendre des réflexions méchantes, des remontées de colère, des jalousies minables d'enfant gâtée et maladive pour faire croire... Depuis le temps qu'il attendait cela, il jubile. Il voit sa douce et tendre brailler sur les petits, il voit sa belle-fille serrer les dents, il voit son fils dans son coin comme un petit enfant gentiment fermer son bec, car je le sais comme moi en ce moment de fuite, d'incertitude, d'oublié, il pense à ce passé et se dit : *Le pacte de notre conciliation n'avait pas été faite devant notaire et autres papiers administratifs, il était dans la franchise, la sincérité et le respect de l'un envers l'autre ; juré, craché…* Le juré est parti rapidement, mais le craché, je me le prends en pleine figure régulièrement par tous temps, même en plein soleil… Notre pacte, nous l'avions concrétisé par une embrassade étroite et mutuelle, les mains dans les mains, les yeux dans les yeux, et les cœurs unis… mais les voisins faisaient de même avec les voisines et réciproquement. Cela devenait une conciliation multiple et partageuse. De tout cela, les enfants s'en foutent royalement… et pendant ce temps braves gens, la terre tourne.

Actuellement seul je les discerne de près ces magnifiques couples heureux, tous là réunis, c'est du joli, et j'en ris de bonheur. Moi je suis à la place du mari, mais lequel suis-je, le jeune mari ou le vieux ? Seul, je peux comme je le veux être qui je veux. Les jours de bonheur voyant ce spectacle, je suis le vieux et je jubile de vengeance contre cette vieille femme qui par son côté sorcière, bonne à tout, importante, se fait des ennemies, surtout la belle-fille, dont je m'attends qu'elle lui fasse une remontrance bien franche et bien directe, qui va la remettre en place la vieille, et lui remettre les pieds dans ses bottes… Déception tu m'as prise, je ne suis plus serein dans ma façon de saisir et de comprendre, la netteté du futur me parait flou comme le fut mon passé et mon présent. Un soupir de désillusion vient d'apparaître, lui au moins je le vois même s'il est invisible... Étrange possibilité de distinguer l'invisible de loin, et de ne pas percevoir plus clairement sa vie familiale de proche. Je devais manquer souvent de courage, mais qu'est-ce que le courage face à l'oser ? Quand dans une union, si l'un ose plus que l'autre, alors il y a inégalité... et si tous deux osent alors, cela devient un carnaval de folie irrégulière, de plus logique, d'erreurs, d'irraisonnable, de n'importe quoi... Oser est bon quand il y a complicité et respect, mais pas dans le contraire. Oser dans l'opposé, c'est trahir, mentir, ne plus vouloir dans la lâcheté, c'est avoir la mauvaise foi, ne pas aimer les autres, ne pas être, ne pas vouloir, c'est savoir mais refuser, c'est anéantir volontairement l'autre, les autres, qui que ce soit. Courage que, parfois j'avais, mais qui ne donnait rien car hargneuse, sachant tout mieux que les autres, et ayant la gentillesse méchante, et capable de faire couler sa colère pendant des heures, comme un robinet mal serré. Parfois je suis le fils, et dans mon coin, je reprends ma mère, lui fait la leçon, lui disant que je suis le père de ces enfants, et que cela suffit... je me venge de mes faiblesses, de mes lâchetés, de mes fuites, de mes abandons, de ne plus vouloir entendre cette mégère brailler à tous vents contre moi. Je me soliloque, je me venge face à un fantôme, un mirage, un courant d'air, je l'invente face à moi, que je tiens, que je terrorise de ma voix forte, que je remets à sa place une bonne fois pour toutes… Heureusement qu'elle n'est pas là, sinon qu'est ce que j'entendrais…Le dimanche en famille chantait Serge Lama, avec le gigot et les flageolets, pour moi plus jamais et j'en suis heureux. Les heures de perdues à ne pas évoluer, une grande régression mentale dure et dangereuse, une véritable pente savonneuse qui vous mène on ne sait trop où…

Alors un jour, c'est la fuite en avant, l'abandon du lieu de garde, partir en courant et ne plus revenir, ne pas se retourner, fuir, fuir loin, quitter ces gens, ne plus les voir, ne plus les respirer et se retrouver sur ce petit chemin seul et parfois heureux à penser, à espérer, à croire que… Que quoi ? Sur notre chemin du dimanche, la main dans la main, parfois sans comprendre, je ressentais, je humais, je détectais, un parfum inconnu venant de je ne savais où… Depuis que je suis sur mon chemin gris-jaunâtre, je le reconnais, c'est le parfum des vagabonds et autres camarades du chemin de couleurs, abandonnés là comme des animaux errants, comme de nombreux Diogène.

Pour continuer ma petite explication de maman comme il est dit par beaucoup d'hommes mariés, parfois hélas pour lui, le serpent fait sa petite fifille et prend le vieux pour se protéger, elle sort les larmes, se fait apitoyer, là, c'est Chambord... Lui essayant de fuir, pris entre le marteau et l'enclume, ayant tort de tous les côtés, faisant le sourd mais cela ne passe pas, et qui finit pas se faire mal voir de tous car passant pour de la mauvaise foi ou de la lâcheté... quant au fils, lui au loin, il a trouvé des cailloux qu'il jette dans l'eau en faisant croire qu'il fait des ricochets, il sait par avance le résultat :« *t'es comme ton père, faux-cul, c'est bien les hommes* ». Je vous avais dit, Chambord avec ses tours, sur murs vieillots, et toute sa valeur de château ancestral et respecté. Quant aux enfants, ils sont partis au loin courir ou faire du vélo, et immédiatement le vieux serpent reprend de plus belle, et recommence son métier de policier ou de juge de touche avec son sifflet, sa matraque et ses réprimandes... youpi le dimanche en famille !.

C'est sûr que dans mon petit tonneau, je suis plus tranquille, je n'embête personne et nul ne sait que j'existe, là est mon problème, car même s'il est imaginaire, mon tonneau est mon royaume. Sur mon chemin, ou plutôt sur le chemin de tout le monde, qui suis-je pour ces gens ? Rien seulement un autre, un différent, un inconnu un fantôme réel. Mais avant j'étais qui, quoi, comment… Qui étions-nous ? Devenions-nous lentement deux pantins face à l'avenir, face aux autres, face au passé séculaire qui avait fait de son côté, déjà tant de dégâts ailleurs et partout. Chaque main devenait une paume crispée, engourdie, fatiguée, lassée de faire même association entre deux fois cinq doigts qui pendant des années avant pouvaient en toute liberté, avoir leurs indépendance et leurs bonheur. L'ingénieux principe ou système de tenance de l'amour a trouvé le principe du magicien et de l'illusionniste rapidement et en une fraction de seconde… ce qui est apparu ici, a disparu là ; l'illogisme familial. Il n'y a pas d'âge pour cela, du début du couple à la fin, ils se battent comme des chiffonniers pour un rien pour du vent, pour « faire chier l'autre ».

~~ Chapitre 5 ~~
Les vieux

La vieillesse, parlons-en un peu. Tout le monde pense que mémé et pépé , mamie et papi, ne sont que tendresse et amour. Que tous deux trempent religieusement et passionnément le soir venu, leurs dentiers dans le même verre, et les regardent nager et flotter avec un effervescent, les mains jointes et les cœurs battants ; qu'ils se couchent ensuite amoureusement, dorment sereinement d'un seul trait, et se lèvent au matin se racontant les yeux encore embrumés de perles, qu'ils ont rêvés de l'autre le voyant dans un jardin semé de jacinthes, de muguets, de roses, endroit sentant le miel, et tous chantant assis sur de l'herbe tendre, des hymnes à l'amour entre eux... Redescendez vite fait de l'escabeau de la beauté et du merveilleux, ne rêvez plus, la réalité est d'une tristesse redoutable, morne, avilissante, abaissante, cruelle, inimaginable.

Le mépris n'a pas d'âge, de période géologique... Il est, et cela est tout. Cette idée ubuesque, grotesque et absurde que les vieux s'aiment d'amour infini et d'eau fraîche buvable, fonctionnait et faisait dormir en paix les petits enfants et les parents d'avant, aux siècles ancestraux ; et encore, c'est tout le baratin qu'il nous est inculqué pour nous faire croire que.

Entre les vieux, c'est le loup et l'agneau ; c'est guerre et paix ; c'est à la vie pour l'un et à la mort pour l'autre ; c'est l'éponge avec un côté grattant et récurrent ; c'est nuit et brouillard, hélas, parfois au final. Les mains depuis bien longtemps ne sont plus ensemble, la rouille elle-même en est morte de vieillesse ou d'abandon ou de désespoir, car ces mains sont beaucoup trop abimées par le temps, par l'âge, par les rides, par cette peau devenue sèche comme du bois, par le manque d'arrosage d'huile d'amour et de respect...

Comme ces vieux cuirs ancestraux, durs, résistants, increvables, indestructibles, passant les siècles comme pour montrer et manifester leurs caractères sains et si malsains.

Je crois même que la rouille fout le camp de ras-le-bol de les entendre chaque seconde se balancer des méchancetés gratuites par habitude, par le plaisir, par une sorte de haine malsaine, sans valeur, sans temps, sans intérêt, mais qui plaît à l'un parce qu'il empoisonne l'autre.

J'en ai vu aussi sur mon chemin de baladin, l'ambiance était parfois au chimérique, il n'y avait que méchancetés, grognes, colères, querelles, ignorance, surdité éphémère et tout le saint frusquin, parfois de petites insultes quotidiennes, des mots de vieux et de vieilles, des hargnes. des méchancetés gratuites, des jalousies inventées, des accusations sans fondement, ras-le-bol bol d'elle et de lui. Car avec le temps, on ne se voit pas vieillir, on pense toujours comme à quarante ans. mais avec beaucoup de rides, une canne dans une main sèche et parfois tremblante, un corps vouté, les mêmes colères qu'avant, mais plus la même rapidité, plus la même force, et dans la danse des pas, les pieds qui sans bien le comprendre, trainent sur le sol, râpent le sable, arrachent les cailloux, soulèvent de la terre, font parfois trébucher, manquent de faire tomber.

Il est vrai que cela n'est pas une généralité, mais si certains cachent la vérité aux autres ; le monde des doux et des câlins, des amoureux du premier jour sont rares et jouent plus le jeu de faire croire, pour se protéger des voisines et voisins...
Sont-ils plus lâches, moins courageux, plus vaniteux, ferment plus les yeux, avalent-ils sans mâcher, se forcent, se disent qu'un autre ou qu'une

autre ce sera du pareil au même après quelques semaines, car vu le temps qu'il reste à vivre il faut faire avec, qu'ils sont bien où ils sont, et qu'à leur âge, changer de partenaire serait comme changer d'épicerie de boulangerie ou de boucherie… les habitudes de longtemps.

O'douces et belles-mamans, serpents venimeux et vénéneux, poisons du mari et de certains voisins ; pilules laxatives proches du chocolat qui fait l'inverse. Extravagantes et bizarreries féminines malléables comme un très magnifique cactus, vous êtes la douceur et la jeunesse qui vous fait vivre longtemps… Hélas pour nous ; mais heureusement aussi pour le vieux barbu millénaire de l'étage supérieur. On vous aime quand vous n'êtes pas là, mais notre cœur et notre passion bat et sera toujours pour vous, dans ce joli et tendre meuble en bois d'amourette que l'on vous achètera entouré de chêne très solide, avec des vis longues, comme vos dents si belles.

Je les vois les vieux, tous bancals, râpant le sable gris-jaunâtre de leurs chaussures traînantes sur ce sol innocent, ce ne sont que des mots méchants, des reproches, l'arène des critiques, quand ce ne sont pas des expressions rabaissantes, insultantes, ignobles, avilissantes. Et puis d'un seul coup, l'un part, le plus ou la plus rapide, laissant le plus lent ou la plus lente derrière, comme un gravât, un tas de bouse, comme une insulte, un avertissement de plus, un laisser-aller, un dégout, un jeu de crétin. Je les vois sur cette piste, parfois ce sont des mots ignobles, du genre, *« Suis-moi ou pas, c'est moi qui ai l'argent »* ; *« Moi je peux marcher et faire ce que je veux, restes à la maison, tu ne me sers à rien »* ; *« Je préfère me promener seul ou seule qu'avec un poids mort comme toi »* ; *« Je ne suis pas ton infirmière, débrouilles-toi »*. L'horrible, le massacrant, l'exterminant... passer des dizaines d'années et vieillir aussi ignoblement, pourquoi ? J'en ai parfois les larmes qui me montent.

Une fois j'ai été voir un couple âgé et je les ai sermonnés, surtout elle, elle l'agressait, mais cela n'a rien donné, quelques jours après elle continuait encore... Passer tant de temps ensemble, et finir non plus par s'aimer ou se supporter, mais l'insulter verbalement devant les autres comme un défouloir ; l'abaisser, le réduire à rien, surtout venant d'elle, c'était horrible. Ils et elles dans cette haine pourrait-on se dire, dans cette mauvaiseté interne, dans cette scélérate volonté, qu'ils et qu'elles sont devenues totalement incapables de vocables compliments envers eux…

Le navrant prend alors la place du respect. Le respect, parlons-en… parfois dans une gentillesse pourrait-on dire mesquine, dans une grandeur d'âme calculée, ils ou elles font un geste, enfin ce petit quelque chose qui fait croire que… Ils font semblant d'avoir enfin entendu, compris l'autre, mais ce n'est qu'un subterfuge, une tromperie, car le geste tendu pour le relever ou l'aider, le supporter, le secourir, leur rapporte une pitié triomphante, une gloire privée et intime, une grandeur narcissique inégalable. Faut-il vouloir recevoir de l'aide d'un scorpion ou d'une vipère, ou ramper péniblement dans son enfer, mais rester soi sans aide de la mort ou de l'irrespect qui vous tend si mielleusement une main assassine et scélérate.

Il faut les voir quand les enfants et petits-enfants sont présents, l'un d'eux le plus vaillant en profite pour taper sur l'autre, c'est la récréation des mots, des gentillesses méchantes, et chacun à son petit rôle et son texte appris d'avance, bien calculé, bien huilé, bien insultant, bien destructeur, bien féroce… Et une petite vacherie par ci, et une mauvaise parole par là et le plus vivant enfonce le plus faible en se servant de sa famille, qui elle menottée, famille qui ne sait plus pour qui prendre raison, se font alors la gueule, se séparent, ou se regardent de travers, s'évitent, car chez eux c'est la même danse de salon, mais ils ne le disent pas aux vieux.

Amour et tendresse hier étaient nos complices. Aujourd'hui et futur seront vipère et vipérine pour l'une ; teigneux et scélérat pour l'autre. Les inverses et les contraires, les gagnants et les perdants. Clabauderies et diffamations feront suite... Amour et tendresse quand je vous ai vu venir, j'aurais dû tourner la tête et tout le reste, même les pas ; vous nier, m'écarter, vous ignorer, mais, hélas, on n'écoute jamais la petite voix qui vous dit : méfies-toi de ton futur.

Je vois des personnes âgées qui sont spécialistes de cette petite interprétation du couple, c'est et ce sont des spécialistes de la route, des croqueuses, elles ont du kilomètre au compteur, on ne leur fait pas... Il y a un petit mot qu'il faut placer dans tout ce texte, qui est « caractère ». Le caractère est un élément totalement différent chez chaque humain de cette planète ; mais, hélas, il faut vivre en couple uni ou libre... Et là il va falloir accepter ou pas ce caractère.

Dans ma balade du triste, j'en ai croisé beaucoup plus tristes que moi, ceux et celles qui s'accrochent, qui veulent, qui pensent, qui espèrent, qui croient, qu'avec le temps, cela se calmera... Rien ne se calmera, tout durera, en moins fort, mais durera. Le principe ou système du « *Maître et de l'esclave* » est bien rodé, et le calme qu'ils ou qu'elles vous donnent, n'est qu'un leurre pour savoir si les leçons ont données les fruits poussant sur l'arbre ancien. Les remontrances accumulées, les coups pris, les violences en souvenirs, font de vous une proie en permanence, et même dans le plus grand calme cela vous fait peur. Ils ou elles savent d'avance que vous allez rester dans votre petit coin pour respirer de ce calme bienvenu et tant espéré. Cela s'appelle « *l'humiliation* », et c'est la force de beaucoup de routier et de routière « des autres ».

J'ai croisé dans ma vie d'avant, des personnes auxquelles on donnait le bon dieu sans confession, c'étaient les pires, en tout... Libertines, volages, expertes et experts, libertins, sans cœur, irrespectueux et irrespectueuses un maximum, et j'en oublie beaucoup, sont comme les autres, ils et elles vieillissent obligatoirement, je voulais placer « logiquement », mais il n'est pas logique de vieillir en trahissant les autres.

Je connaissais par le travail une jeune fille très sérieuse qui croyait être tombée sur le prince charmant, elle a eu un enfant, mais hélas le naturel du prince est ressorti. La vie de cette jeune innocente est devenue un enfer de trahison, d'humiliation, face à des filles qui ressemblaient au mari. La vieillesse n'est aucunement une halte pour eux et elles, le caractère est forgé de longtemps, et que vous restiez ou que vous partiez, ils attendent et rigolent. Sachant que vous n'avez plus rien, et que vous êtes traçable par les enfants, ils attendent comme une araignée sur sa toile.

J'entends sur ma route de vieilles femmes parler durement aux maris, car elles savent que le voisin est toujours là pour un clou, ou une vis à poser. On pense, on espère chaque seconde, on croit, et puis rien, mais de l'autre côté, ce n'est pas mieux, les couples partent en miettes, il y en a plein sur le chemin de ces miettes. À force de s'effriter, les miettes tombent dimanche après dimanche sur le sable gris-jaunâtre, parfois tout simplement gris sale, très sale et très gris, et sans vouloir y faire attention comme si eux ne seront jamais touchés par le problème ou la question, les autres couples marchent dessus... le respect se perd !

Je vois grandir les enfants, vieillir les parents, et encore plus les grands-parents, je les voyais passer en troupeau aussi nombreux qu'une meute, mais ils en manquent parfois… Les restants sont boiteux ou bancals, et tout est changé… papi est parti, mamie peut maintenant le disant clairement « *faire ce qu'elle veut enfin* », c'est ce qu'elle faisait depuis des années, mais elle fait croire que. Si au contraire, c'est elle qui est partie, alors lui, traîne la chaussure, marche moins vite, regarde lentement autour de lui, parfois pleure celle qu'il aimait, son bâton de pèlerin, son double, sa joie de vivre, même si parfois c'était l'enfer, l'enfer dans un paradis lointain, mais avec elle. Il se souvient de cette vieille carne, cette mule têtue, cabocharde, lunatique, colérique, instable, parfois ayant fait des accrocs au mariage. Lui en était incapable, il n'est pas cela, lui c'est et c'était le fidèle crétin, pas très courageux, bien chez lui, ne cherchant pas, ne voulant pas. Il aurait pu, mais n'a jamais franchi le pas, il faut dire qu'une lui suffisait très grandement et était vacciné des galipettes et de tout ce qu'il s'ensuit. Il regarde tout cela tristement, amèrement, fatalement, déçu et malheureux. Il voudrait que tout s'arrête, mais ce n'est pas pour maintenant… Le prochain train pour là-haut est dans quelque temps, il va lui falloir attendre. Le fils est âgé et le regarde s'enfoncer lentement. La femme essaye, mais ne sait pas ou ne veut pas, ce n'est pas son père. L'inverse donne le même résultat. Les petits enfants ont grandi et n'attendent plus personne, ils sont dans leur monde, dans leur espace, et ne s'impatientent plus. Finies les courses de vélo, la cavalcade partout et ailleurs, ils sont calmes sereins, trop ; Ils évitent papa et maman qui comme ils disent, les saoulent, les gavent. N'essayez pas de mettre les restants ensembles, jamais... Comme la mère de l'un et le vieux de l'autre, non, car chacun connaît parfaitement la musique et les paroles de la chanson de la vie, de plus ils ont le nez et la truffe encore en fonction et savent à qui ils ont à faire. Parfois deux femmes seules peuvent s'entendre, mais elles ont des conversations privées et sordides, deux femmes même âgées se transformeront en gamines idiotes et encore, si l'une d'elles et plus libertines, ses amies vont vite se barrer d'elle, la méfiance de la bonne copine a ses limites.

J'en ai entendu et croisé sur mon chemin de ces femmes qui rigolent et sont les copines du couple, elles sont vite repoussées au rang de « *Bonjour, ça va, salut, et à jamais, erreur de t'avoir rencontrée* ».

Si c'est deux hommes, ils vont pouvoir s'entendre mieux, parfois en bougonnant, ronchonnant, mais surtout continueront tranquillement, se promèneront, marcheront, iront, tenteront, essayeront, verront ; demain est un autre monde inconnu, mais sans trahison dans un respect de souvenirs malsains.

Lentement, peu à peu, sans s'en apercevoir, la balade devient la balade des plus âgés, puis la balade des vieux puis des anciens, des très âgés, puis la balade vers le cimetière pour ceux qui sont restés encore valides, ou encore en forme pour continuer la route de la solitude qu'ils ou qu'elles voulaient tant. Le temps est venu, mais le caractère est toujours là comme à vingt ans. Vieillir dehors mais pas dans sa tête, pas dans ses volontés, dans ses espoirs… De temps en temps aller lentement sans faire la différence des pas entre le lentement d'hier ou d'avant-hier qui était respectueux pour les autres et ceux de l'actuel, obligés par la vieillesse, ce corps qui fout le camp millimètre par millimètre sans avertir, chaque nuit, peut-être chaque jour, silencieusement, imperturbablement, faisant repousser à demain les mauvaises volontés, les mauvais coups qui ne se feront plus. C'est et cela devient la marche lente, trébuchante, vers l'autre celui ou celle qu'ils ont fait chier pendant des heures, des années, et qu'il faut comme des héros de guerre, venir fleurir accompagné des autres, de la famille, des enfants... Y déposer en respect familial, comme une insulte, ce bouquet de fleurs à faire pleurer, sur cette pierre froide comme leur caractère, un semblant de larmes pour émouvoir et faire croire.

Quant aux autres, c'est dans cette jolie boite précieuse que se fait la dernière balade ; dans une belle voiture neuve louée par tous, avec accompagnement obligatoire de tous et toutes, que ce soit le traître ou la vipère, vers ce petit hameau de paix pour des siècles, il est dit, appelé tout mignonnement   cimetière pour une délivrance, o' combien attendue, détendue et avec un petit plaisir de voir l'autre qui vous a fait tant pleurer, hurler en silence, maintenant être obligé de   vous suivre encerclé des autres et de ne pouvoir fuir comme avant.

Les petits enfants que l'on tenait par la main, maintenant vous tiennent par la vôtre, pour ne pas que vous tombiez. Ce sont eux qui maintenant vous disent « *Ne va pas trop loin, tu ne vas plus te retrouver, tu perds la mémoire... Attention aux cailloux, tu vas tomber, lèves les pieds si tu peux encore, et surtout penses à ta moitié qui sans toi va se perdre ».* La moitié, quelle moitié ; celle qui vous a donnée la main si longtemps et que l'on serrait fier et heureux, ou celle que l'on supportait parce qu'il fallait bien, celle que l'on voulait éviter parce qu'elle braillait et ronchonnait toujours inutilement, ou celle que parfois fière et heureuse elle quittait, parce qu'un bel homme avançait en face d'elle, ou pour lui qu'une plus tendre femme, peut-être plus gentille à ce qu'elle paraissait lui donnait envie de partir sur sa route ?

~~ Dernier chapitre ~~

Devenir philosophe, chercheur, ou tout autre pour comprendre d'accord ; mais crétin, non ! ce n'est pas la peine. Diogène mon ami des mauvais jours, je pense que je vais encore signer un autre engagement pour quelques années dans le tonneau que tu as créé, et qu'il est bon de passer beaucoup plus de temps avec lui. Je ne veux aucunement aussi devenir singe faisant croire à quelques humains et humaines que j'ai la science qui infuse… j'ai déjà depuis des années ce qui me sert de cerveau, et qui est devenu une bouilloire, où dedans y infusent toutes les herbes fadasses que j'ai hélas avalées et pas encore digérées comme il le faut. Une odeur amère, âcre, avec un goût de pourri, un arrière-goût d'imbuvable, et des reflux de souvenirs malsains. Comme le chantait si bien le chanteur Nougaro : « *Sur l'écran noir de mes nuits blanches, je me fais du cinéma* ».

En ce moment dans mon tonneau en bois d'arbre, je me fais du cinéma. J'essaie de me dire que dans un moment de solitude et de déprime, trouver le parfum ou sa main me fera du bien. Parfois il faudrait avoir la possibilité de se nettoyer le cerveau avec de l'eau de Javel ou avec un autre détartrage de la saleté, des souvenirs stupides, et une volonté absurde. La pensée est magnifique, mais la réflexion est parfois douteuse, et le rêve, un futur perdu d'avance. Des écrans noirs, il me suffit de les regarder tous et toutes, ils en sont remplis ; ils en rêvent tous, ils se font des films, du grand écran naturel dans cette promenade des tristes, dans cette balade des tristes. La femme pense qu'il va la rendre heureuse, lui pense qu'elle va l'aimer jusqu'à plus tard ; les enfants sentent bien qu'il y a un truc qui put entre eux ; les deux parents des familles sentent aussi que la maison brûle, mais ils ne peuvent rien dire, la leur brûle depuis des années, sent le caramélisé, le trop cuit, l'imbouffable… Ils seraient de très mauvais conseillers. Tout part en cacahuète de partout. Entre les deux jeunes époux, les parents de l'autre sont soit des déphasés ou soit des génies, maman fait copain-copine avec le gendre, et papa avec sa belle-fille… Les équipes se forment et les combats vont commencer ardemment.

Diogène, vieil inconnu pour moi et pour tant d'autres, je ne sais à quoi tu passais ton temps dans ton tonneau, si c'était à la réflexion ou à la détente, ou encore mieux à l'oubli de tout, mais moi au 20 ème siècle, je m'amuse parfois, je réflexionne souvent, et comme toi en ton temps et époque, je vieillis immanquablement et j'avance lentement et sûrement vers mon petit coin de terre qui sera mon ciel bleu, et qui au bout de dix années, je serai immanquablement expulsé, même si je ne fais pas de bruit et que personne ne se plaint de moi.

Dans les années soixante, on nous faisait croire que les bus et camions avec plusieurs dedans allaient apporter le grand bonheur, le mélange général intime sans sentiments, sans arrières pensées, sans haine ni rancœur, mais l'humain n'est pas ainsi, il veut, il pense, même ceux qui font de l'échangisme finissent par se quitter, par jalousies, trahisons, amours et envies, fatiguent ou déceptions, rien ne tient la route très longtemps. Moi, mon bus, je le conduis seul et je vais où je veux, quand je veux, comme je veux... Hélas, cela fait maintenant trois années que je le conduis seul, et que mon bus est garé au même endroit, j'ai un mal fou seul à déplacer mon tonneau en bois d'arbre. Avais-je le droit de partir lâchement pour cet endroit ? comme ceux qui partent en quelques secondes dans un monastère pendant des années pour prier et se refaire une pureté, y trouver la voie et la conscience, la sincérité, me protéger des mauvaises pensées, retrouver mon âme d'enfant, devenir pur… ou comme ceux qui partent chercher leur journal et en profitent pour se tirer avec l'argent, loin de tout et de tous.

Comme ces mots sont beaux, comme ces volontés sont angéliques de se cacher derrière des murs religieux, faire croire que la foi les a touchés et que dieu est amour… mais derrière tout cela, il n'y a pas moi et jamais je ne serai ces traîtres ; eux ne sont que des manipulateurs, des renégats, des faussaires, des menteurs, j'ai connu un de ces soi-disant volontaires, un de ces touchés par la foi et l'amour des autres de monastère, c'était un vrai voleur, un manipulateur, un faussaire, un gros menteur, et il a fini sa vie en ayant détruit sa famille volontairement.

Bonnes gens, ne croyez jamais ces baratineurs, j'en ai croisé sur ma sale route grise jaunâtre ; une fois parti, ma route était devenue grise noirâtre et sentait mauvais. Pour en revenir à mon tonneau, je me demande si être dedans, tienne du narcissisme ou du nombrilisme, mais je ne crois pas, car une personne comme cela aime que l'on parle justement d'elle et là hélas.

Pour ma pomme, les personnes me fuient grandement, il faut dire que mon tonneau est en bois dont je fais actuellement des flûtes, mais vu comme les personnes m'évitent, ce brave tonneau devait avant servir à faire mariner les sardines et les harengs, et l'odeur est restée, elle m'accompagne joyeusement... Aurais-je le nez bouché, ou entre ce que j'ai connu en famille qui ne sentait pas toujours le bon et le frais, mais surtout le ranci, je n'ai pas détecté l'odeur qui est parfois la même. Une expression dit : « *il vaut mieux être seul que mal accompagné* », mais pour qui est cette expression... pour le mari, la femme, les beaux-parents, les enfants, les amis divers, ceux que l'on croise en quelques secondes ? Mais alors qui est bien accompagné ?

Je les vois en famille sur mon chemin gris-grisâtre, ils sont tous mal accompagnés, et parfois même le chien s'emmerde avec eux. Qui doit-il suivre, que doit-il faire, où doit-il marcher, qui donne les ordres ? Il marche la queue basse comme beaucoup d'entre nous sur ce chemin , avec le regard de chien de cocker comme beaucoup d'entre nous, se retourne pour voir s'ils sont hélas toujours derrière comme nous , s'attend à se faire crier dessus comme beaucoup d'entre nous et comme beaucoup d'entre nous, se demande ce qu'il fait dans cette galère qui prend l'eau de tous les côtés, et attend la mort avec grandeur et incertitude. Hélas, chaque matin il se réveille dans le même cauchemar, en se disant « *Ça recommence, seigneur ayez pitié d'un pauvre chien qui n'a jamais demandé une telle famille, ni de tels ennuis… je voulais simplement, tout simplement être heureux avec eux* ». Il se souvient quand il était jeune, il courait partout avec eux, maintenant il voudrait courir partout, mais sans eux, les fuir, ne plus les voir… trouver son chemin jaune-grisâtre, avoir aussi sa balade du méditatif. Lui aussi a lâché depuis longtemps leurs mains, et il est content d'avoir de la rouille qui pousse entre ses pattes, « *Promis,* s'est-il dit*, à la prochaine réincarnation, je deviendrai courant-d'air* », et moi dans ma prochaine réincarnation qu'est-ce que je serai ? Grain de sable jaune grisâtre, courant-d'air, le marchand de viande du village, ou encore le boulanger livreur ?.

Avec le temps, notre chemin de promenade est devenu notre chemin de croix, aucun de nous deux n'y croyait plus ; mais il fallait porter cette maudite croix… *Croix de bois, croix de fer* comme le dit Gilbert Bécaud dans cette chanson, mais aussi croix de pierre, si lourde à porter. La mienne est lourde à porter seul, et je fatigue grandement. Elle peut aussi devenir plume, plâtre, et à la fin marbre pour longtemps. Ce fardeau de la vie me pèse et finit par me casser le dos et tout le reste. Chacun porte sa croix, il en est sûr, mais elle n'est pas toujours accrochée au cou et si elle l'est, alors elle devient la corde qui peu à peu étouffe et finit par vous tuer. D'un côté comme de l'autre sur cette terre, j'ai ma croix à porter. Côté famille elle devenait encombrante, et du côté vagabond elle devient terne, sale et sans valeur, impersonnelle, inutile.

Avant de vous quitter gentils gens de tout horizon, le 26 du mois, je fais une brocante ; je bazarde toutes mes broutilles qu'il me reste de ma vie, je prends le large, je vais ailleurs sur un autre chemin blanc-gris que je viens de découvrir secrètement.

Donc, je vends, souvenirs, bla-bla inutiles, faux semblants, rêves perdus, avenir incertain... Je vends aussi : costume de clown, des aprioris, quelques souvenirs d'amour inutiles, de la rouille pour ceux et celles que cela peut intéresser, des trucs sans valeur marchande, mais qui parfois peuvent sauver ...

Je vends aussi ma croix de mari et de père, de méditatif, venez avec une pelleteuse, elle est lourde à porter, vous ne serez pas déçus, c'est du vrai de vrai, du vécu…

Je vends aussi des colères, des larmes, de vraies larmes de bon mari, de bon père, de bon solitaire dans son tonneau, je les vends au poids il y en a tellement… Il y aura aussi un grand lot de déception, il peut toujours servir, prix à débattre… Il y aura un lot de paroles inutiles, là, elles peuvent toujours servir et sont inusables…

Je vends des engueulades de toutes sortes, cela peut sauver la face… des moments de solitude, car il va falloir vous y préparer pour les lendemains dans votre tonneau…

J'écris justement un livre sur le tonneau de Diogène, il sera fini pour ce jour, je vous le dédicacerai en faisant une grosse croix en bas de la page d'ouverture.

Avant de partir, faites attention au petit panneau en bois tout joli, placé sur le haut du mur chez vous, et indiquant que « les amis sont toujours les bienvenus », cela dépend desquels.

Allez, braves gens, qui vous aimez tous si tendrement, je vais vous laisser aller vous promener, c'est le jour de votre balade sur ce bout de ruban jaune grisâtre ou gris jaunâtre.

En tous cas, venant de moi, soyez heureux en famille.

FIN

La balade du méditatif